tredition®
www.tredition.de

AF196063

© 2016 Kreative Schreibwerkstatt der VHS-Baar, Sylvia Mahr,
Ute Schnell, Françoise Schwellnus, Elke Herrenknecht-Blank

Verlag: tredition GmbH, Hamburg

ISBN
Paperback: 978-3-7345-6613-4
Hardcover: 978-3-7345-6614-1
e-Book: 978-3-7345-6615-8

Printed in Germany

Kreative Schreibwerkstatt der VHS-Baar
Sylvia Mahr, Ute Schnell, Françoise
Schwellnus, Elke Herrenknecht-Blank

Am Wegesrand

Kurzgeschichten

Zum Geleit

Es wird genug *über* etwas *geredet*. Das ist meist auch viel leichter, als selbst mittendrin zu stehen. Selbst etwas kreativ zu schreiben, gehört zu dem Schwierigsten und Persönlichsten, was man tun kann. Hiermit aus dem geschützten Umfeld hinauszugehen, es anderen, kaum oder gar nicht bekannten Menschen vorzustellen, es gar zur Diskussion zu stellen – dafür braucht es eine gehörige Portion Mut und eine gereifte Kritikfähigkeit. Und viel Fingerspitzengefühl.

Ich denke hierbei weniger an die vorliegende Anthologie, sondern vielmehr an die Schreibwerkstatt, die ihr zugrunde liegt. Ohne eine Portion Optimismus und Glück wäre Anfang 2013 ein Seminar zum kreativen Schreiben an der vhsbaar wohl kaum zustande gekommen.

In dieser Zeit entstanden sehr verschiedene Kurzprosa-Stücke: kurze Texte, welche historische Vorkommnisse entstauben und ihnen in Form von Geschichten wieder ein Eigenleben geben. Anekdoten, die sich auf ganz eigene Art mit dem Thema Weihnachten befassen, mal versöhnlich, mal mit aller Absurdität des Rituals. Rein fiktionale Texte, manche im Gewand eines Märchens, perspektivische Versuche und Kurzgeschichten, die ihre Wendung in makaberem Schrecken nehmen oder in empathischem Mitgefühl. Alle eint bei aller Verschiedenheit ein bemerkenswerter eigener Ton des Erzählens, eine eigene Stimme und Rhythmik. Die Schreibwerkstatt kann stolz auf sich sein.

Dr. Jens Awe

Leiter der vhsbaar

Willkommen bei der Schreibwerkstatt

Ich freue mich und ich bin stolz. Seit der Gründung der Kreativen Schreibwerkstatt bei der VHS-Baar Donaueschingen flossen unter meiner Leitung viele Sätze auf das Papier.

Wenn ich mir heute die gesammelten Werke der Teilnehmerinnen anschaue und darin blättere, dann kann ich die Entwicklung der Autoren ziemlich genau nachverfolgen. Im Frühjahr 2016 dachte ich: Jetzt ist es soweit. Also schlug ich »meinen Mädels« vor, aus den Geschichten und Werken ein Buch zu machen. Ich hatte mich auf ein bisschen Überzeugungsarbeit eingestellt, doch so groß war die dann gar nicht.

Jetzt ist es also fertig, rund 150 Seiten ganz verschiedene Kurzgeschichten. Vom Märchen über reine Fiktion bis hin zu Kurzgeschichten mit historischem Hintergrund. Und nicht zu vergessen die Akrostichons, von denen ich persönlich auch immer wieder fasziniert bin.

Ich wünsche Ihnen, liebe Leserinnen und Leser, viel Freude und gute Unterhaltung bei Geschichten, die man im Vorübergehen am Wegesrand findet und wie Blumen pflücken kann.

Wilfried Strohmeier

(Leiter der Kreativen Schreibewerkstatt der VHS-Baar)

Inhaltsverzeichnis

Sylvia Mahr

9   Der Teufel kratzt um Einlass

17   Marie und der Karfunkel

25   Verdingt

32   Gascho

42   Bi(e)nen sei Dank

47   Helden

53   Krokodilfarm

57   Auserwählt

59   Was ich will

Ute Schnell

63   Die Weisheit des Alters

72   Heldenschicksal

80   Mein Weihnachtsgeschenk

83   Willi's Kneipe

89   Nach Norden

Françoise Schwellnus

115   Das Goldstück und die Donau
118   Harmonie in Rot
120   Wilfried Strohmeiers kreative Schreibwerkstatt
122   Der blühende Mohn im Weizenfeld
124   Der Herbst ist wieder da
125   Der Winter kommt bald
126   Gute Vorsätze für das neue Jahr
128   Die Arbeit auf den Feldern

Elke Herrenknecht-Blank

130   Rex
136   Augustbild
141   Eine Wintergeschichte

Sylvia Mahr

Als Mutter, Tochter und Freundin lebe ich seit beinahe 30 Jahren in Blumberg. Die Suche nach neuen Herausforderungen führte mich zu Wilfried Strohmeier. Nach vielen Semestern in seiner Kreativen Schreibwerkstatt schließe ich mich Mark Twain an, welcher sagte: »Schreiben ist leicht. Man muss nur die falschen Worte weglassen.

Der Teufel kratzt um Einlass

Stadtgeschichte Donaueschingen - Kapelle St. Sebastian

Anno 1611, Donaueschingen ehemals Esgingen.

Es ist schon spät, als das heftige Gewitter über die Baar zieht. Ein heller Blitz zuckt über den nächtlichen Himmel und erhellt die kleine Ansiedlung Esgingen. Keine Menschenseele zeigt sich auf den schlammigen Wegen, die sich kreuz und quer durch die Siedlung ziehen. Das wenige Vieh, das den Bauern nach dem Überfall der Villinger geblieben war, steht zum Schutz vor dem Unwetter in den kleinen Hütten. Die Menschen, die hier leben, sind meist arme Bauern, den Grafen von Fürstenberg unterstellt. Ja, die Grafen leben wohl in ihrem Schloss. Hinter den dicken Mauern lassen sie es sich gut gehen, während die Bauern von Missernte und Krankheit geplagt werden. Doch die Esginger sind ein zähes Volk, gottesfürchtig und hart arbeitend leben sie ihr ärmliches Leben voll der Mühsal und Entbehrungen. Noch ein heftiger Blitz zerreißt die Himmelsschwärze und schlägt in den Baum ein, der ganz am Rande der Siedlung neben einer kleinen Bauernhütte steht. Der Baum spaltet sich, ein dicker Ast streift an der Wand der Kate entlang und fällt zu Boden. Die krumme Berta zieht ängstlich den ergrauenden Haarschopf ein, als sie das laute Scharren vernimmt.

»Oh, Hans, der Teufel kratzt um Einlass! Maria, hilf uns armen Sündern!«, fleht die Berta und hinkt so schnell sie kann an den Tisch. Schwer stützt sie sich an der Tischkante ab um nieder zu knien.

»Gegrüßet seist du, Maria voll der Gnaden...«, beginnt Berta zu murmeln. Sie hat die Hände vor der bebenden Brust gefaltet. Ihr dünner Körper schlottert vor Angst.

Da zerreißt ein Donner die Stille, so dass die kleine Kate ordentlich wackelt. Die krumme Berta schreit laut auf in ihrer Angst. Noch lauter betet sie.

»Frau, gib Ruhe! Der Herrgott schickt den Donner nur, weil du den ganzen Tag zeterst. Kein gutes Wort hast du für deinen Mann. Und was am Haus entlang gekratzt hat, will ich gleich nachschauen, ich muss eh auf den Abort.«

Hans lächelt breit, so dass man die wenigen schwarzen Zahnstummel im Mund erkennen kann. Er zieht sein fadenscheiniges Hemd am Kragen zusammen und geht gemächlich zur Tür.

»So, Weiblein, lass sehen, was das Unwetter angerichtet hat«, murmelt der Hans.

Er öffnet die Tür und schaut prüfend zum Nachthimmel hinauf.

»Ach, siehst du, Weib, der Herrgott hilft uns schon. Der Himmel ist still und dunkel. Und nicht der Teufel hat am Haus gekratzt. Nein, es war der Ast vom Apfelbaum. Brauchst keine Sorge haben, wenn ich auf dem Abort bin. Es geschieht dir kein Leid.«

Doch die Berta betet unverdrossen weiter, die Augen fest geschlossen. Gerade, als der Hans unter der Tür hindurchtreten will, vernimmt er eine Kinderstimme:

»Hans, mein Onkel, warte, der Vater schickt mich. Ich bin die Marie vom Bauer Franz, deinem Bruder von Pfohren.«

»Ja«, brummt der Hans, ich weiß schon, wer du bist.«

»Der Vater hat gesagt, ich soll dir sagen, dass der Sensemann mit der Pestilenz unterwegs ist.

Oben beim Vetter Hagen in Neuffen sind alle tot! Nur ein Mann und sein Weib haben überlebt. Und in Balginga sind an die 40 Dutzend wohl gestorben. Der Vater hat gesagt, ich soll bei dir bleiben. Ich darf nimmer heim. Erst wenn der Sensenmann weg ist.«

Als der Hans die Tropfen von Maries dunklen Zöpfen fallen sieht, weicht sein gutes Herz gleich mit auf. Er tritt zur Seite, um das Kind hereinzulassen. Noch bevor die Marie auch nur einen Schritt tun kann, ist die krumme Berta schon am Hans vorbei gewitscht. Sie gibt der Tür einen heftigen Schubs, so dass sie mit lautem Knall zuschlägt.

»Du Narr!« zischt sie den Hans an, der sich mit vor Schreck geweiteten Augen zu ihr umdreht, « Das Balg kommt mir nicht in die Stube! Sie wird uns die Luft hier herinnen verpesten! Weißt du nicht, dass die Pestilenz mit der Luft kommt! Der Sensenmann reitet auf dem Todesvogel und wirft die Pestdecke über eine Stadt, so dass sie darunter ersticken soll.

Sie hat den Sensenmann schon auf den Fersen! Er ist ihr gefolgt, um Esgingen zu finden! Dann wird er die Pestdecke auch auf uns legen! Schnell! Schick das Balg weg!«

Die Berta packt den Hans an seinem dünnen Arm und dreht ihn zur Tür.

»Aber ich bin ihr Onkel! Und wo soll sie denn hin in der Nacht?«, wagt Hans leise zu widersprechen.

»Die Marie ist nur ein dummes Ding! Was glaubst du denn, warum dein Bruder nicht den Sebastian geschickt hat, den Hoferben. Bring kein Unheil über uns! Schick sie weg! Nach Zindelstein, das ist wohl weit genug!«

So schimpft die Berta auf den armen Hans ein, so dass der nicht mehr von Recht und Unrecht unterscheiden kann.

»Marie, mein Kind, du musst zurückgehen. Wir können dich nicht nehmen. S'ist kaum genug Essen für zwei. Wir kriegen dich nicht gefüttert!«, ruft der Hans dem Kinde zu. Den wahren Grund vor Scham verschweigend.

»Aber, Onkel, wo soll ich denn hin gehen? Der Vater lässt mich nicht auf den Hof zurück. Wohin soll ich gehen in der Nacht? Und mein Umhang ist ganz nass! Schuhe hat der Vater mir auch nicht geben wollen!«

Deutlich hört der Hans das Kind weinen und das Herz wird ihm schwer.

»Marie, hör, mein Kind! Du gehst hier über das Feld und immer weiter durch die Wälder.

Bleib auf dem Weg von den Fuhrwerken, dann findest du die Burg Zindelstein! Hörst du, Marie, dort werden sie dich nehmen. Der Herrgott segne und beschütze dich allezeit auf deinem Weg! Nun geh geschwind, Kind, der Weg ist weit!«

Mit gesenktem Kopf und Tränen in den gutherzigen Augen schlurft der Hans an den Tisch in der Stube. Schwer lässt er sich auf den Stuhl nieder. Sein ausgezehrtes Gesicht ist zusammengefallen. Verzweifelt fährt er sich mit den schwieligen Händen durch sein verbliebenes Haar.

»Oh, Weib, was sollen wir tun? Wir haben das Kind weggeschickt! Nach Zindelstein! Ich werd`s mir nimmer verzeihen…«, laut schnäuzt Hans seine Nase in den Hemdsärmel.

Doch die Berta kniet schon wieder am Tisch. Sie ruft die Schutzheiligen um Hilfe an.

»Oh, heiliger Sebastian, schütze uns vor der Pestilenz! Heilige Mutter Gottes, bitte für uns! Heiliger Rochus, hilf auch unserem Vieh! Oh, all ihr Heiligen, legt eure schützenden Hände über unser Esgingen! Verschont uns vor dem schwarzen Tod!«

Die Berta steht auf. Sie bekreuzigt sich und entzündet einen Glimmspan. Behutsam streicht sie über das geschnitzte Holzkreuz an der Wand. Dann dreht sie sich zum Hans um, der immer noch am Tisch sitzt. Er hat den Kopf auf die Hände gestützt. Tränen laufen über seine Wangen. Die krumme Berta sieht es nicht.

»Hans, der Pfarrer hat's gepredigt am Sonntag! Im Gottesdienst! Er hat's gesagt!«, flüstert Berta aufgeregt. Sie schwenkt den Glimmspan, so dass die Funken herab regnen. Als sie den Span in die Feuerstelle legt, leckt sogleich ein lustiges Flämmlein an den dürren Ästen. Nervös knetet Berta die alte braune Schürze in den Händen.

»Hütet euch vor dem Bösen, hat er gesagt! Es kommt in Gestalt eines Fremden.

Wir hätten ihn totschlagen sollen, diesen Fremden. Er war gewiss der Teufel persönlich!«

»Still, Weib, du versündigst dich!«, befiehlt Hans erschrocken.

Aus Berta sprudelt weiter alles Leid: »Erst hat der Frühling unsere Felder überschwemmt. Alles war verfault. Dann hat der Hagel die Dächer zerschlagen. Das waren die Vorboten des Bösen, dann kam der fremde

Krämer. Er wollte sehen, was er angerichtet hat. Hernach haben die Villinger uns heim gesucht. All unser Vieh haben sie weg getrieben. Dann wurde es heiß. Auch das Obst am Baum ist verdorrt. Der Teufel war hier! Der Pfarrer hat`s gepredigt:«

Aufgeregt ob ihrer neuen Erkenntnisse watschelt die alte Berta durch die kleine Kate. Unentwegt knetet sie ihre Schürze und findet keine Ruhe.

»Hans, du musst in aller Herrgottsfrüh zum Pfarrer, ihn um Rat fragen!«

»Wir müssen drin bleiben! Wir atmen sonst den schwarzen Tod ein und verrecken!«, widersprach Hans.

»Warte, wenn der Hahn kräht in der Früh, so ist die Luft noch sauber und du kannst gehen!«

So beten Hans und Berta die ganze Nacht um den Beistand der Schutzheiligen. Als am Morgen der Hahn kräht, begibt sich der brave Hans auf den Weg zum Pfarrhaus. Traurig schlurfen seine alten Schuhe auf dem Weg. Sein Kopf hängt so tief, als wolle er gleich abfallen. Während Hans dem Herrn Pfarrer weinend vor der drohenden Pest berichtet, ist die krumme Berta schon emsig von Haus zu Haus gehuscht. So kommt es, dass alle Einwohner Esgingens schon vor dem Pfarrhaus warten, als der Herr Pfarrer mit dem Hans vor die Tür tritt. Schnell geht Hans um die Wartenden herum, es mögen wohl an die 30 Dutzend sein, die sich unter dem schwarzen Himmel versammelt haben. Hans stellt sich weit nach hinten, um dem Zorn des Herrn Pfarrers zu entkommen.

»Ihr habt große Sünde auf euch geladen!«, dröhnt des Pfarrers schneidende Stimme durch die schweigende Menge, »Der Herr bestrafet euch Armselige. Ihr habt den Teufel persönlich in unser Esgingen gelassen. Habt ihr etwa nicht den Tand betrachtet, ihr Weiber? Um euch herausputzen! Schöne Augen habt ihr dem Fremden gemacht! Die Sünde gar in euer Haus eingeladen. Und ihr Bauern, habt ihr den Satan nicht in euren Scheunen ruhen lassen? Ihn noch gefüttert mit der Weizenschleimsuppe aus den letzten Vorräten? Ihr selbst habt den Sensenmann bestellt! Dass er das Pesttuch auf euch werfe! Ihr werdet verrecken wie die Fliegen im Winter. Tuet Buße, ihr Bauern!«

Dem Pfarrer schwillt der Kopf. Seine Stimme zittert vor Zorn.

Seine Augen funkeln die Menge an, die vor Angst kaum zu atmen wagt.

Nur der Schultheiß Matthias, hebt die Stimme: »Wie sollen wir es richten, Herr Pfarrer, legt uns eine Buße auf! Seht, wir sind nur Bauern. Wir kennen uns in der Gunst Gottes nicht gut aus…«

»Geht in eure Stuben! Betet Tag und Nacht zu Gott um Vergebung! Und bittet Maria um Beistand. Der heilige Sebastian schützt vor der Pestilenz und der heilige Rochus ebenso.

Fastet und betet!«, befiehlt der Pfarrer, »sonst werdet ihr allesamt in der Hölle schmoren!

Ich sage euch, das jüngste Gericht steht bevor! Seht den Himmel an, er ist schwarz vor Gottes Zorn!«

Da sinkt die Berta auf die Knie. Weinend zieht sie den Hans am Arm mit hinunter.

»Heilige Maria, hilf uns armen Bauern vor der Pestilenz!

Verschone uns und wir werden dir einen Stein setzen mit unserem Dank darauf gemeißelt!«

Auch der Hans betet nun laut und inbrünstig. Seine tiefe Stimme übertönt die der krummen Berta.

»Heiliger Sebastian, eine Kapelle werden wir dir bauen! Hier am Feldrand werden wir sie stellen und dir auf ewig danken.«

»Ich helfe dem Hans. Ich baue mit an der Kapelle. Heiliger Rochus, wenn du nur hilfst!« vernimmt man den Schultheiß Matthias und so sinken nacheinander die Einwohner Esgingens auf die Knie und flehen um Beistand.

Der Platz vor dem Pfarrhaus ist gedrängt voll. Allesamt flehen und beten die Einwohner Esgingens um Beistand der Schutzheiligen. Die Gebete erheben sich bald zu lautem Getöse. Es streicht wie ein Band um die Bauernhäuser und der Schafhirte Hartel im Wolterdinger Wald schwört hernach, er habe es gehört. Als der Lärm schier unerträglich wird, bricht die Sonne durch die dunkle Wolkendecke. Die Betenden halten ehrfurchtsvoll inne, viele Gesichter nass von Tränen und Rotz. Frauen in den Armen ihrer Männer, die Kinder um sich geschart. So stehen sie und wissen nicht, ob die Sonne von der Mutter Maria und den Schutzheiligen geschickt ist oder nur zufällig scheint. Der Pfarrer aber nutzt die eingetretene Stille, um das Gelübde zu besiegeln.

»Heiliger Sebastian, heiliger Rochus und heilige Maria! Wir Bürger von Esgingen legen hier und heute das Versprechen ab, eine Kapelle euch zu Ehren zu bauen, sollte ein Jahr vergangen sein und die Pestilenz unser Esgingen verschonen. Auf Jahr und Tag wollen wir uns hier sammeln und am Feldrand den Bau beginnen. Und jeden Tag wollen wir euch loben und preisen, das bitten wir Bürger von Esgingen. Amen.«

Die Geschichte:

Im Jahre 1614 wurde die St. Sebastianskapelle eingesegnet. Bis zum heutigen Tag steht sie am ursprünglichen Platz, ehemals abseits der Siedlung, heute dank wachsenden Einwohnerzahlen beinahe mitten im Ort.

Die Pestepidemie wütete tatsächlich in den Jahren 1610/1611. Es ist belegt, dass innerhalb von sechs Wochen in Neuffen bei Nürtingen ungefähr 500 Menschen umkamen, nur ein Ehepaar überlebte, in Balingen, ehemals Balginga genannt, geht man von der etwa gleichen Zahl an Toten aus. Auch das heutige Donaueschingen wurde nicht verschont, mit verheerenden Folgen wurde die Einwohnerzahl dramatisch reduziert, so wie auf der gesamten Baar, in Schwaben, in der Schweiz und im Elsass. Im Thurgau zum Beispiel wurden über 13000 Pesttote gezählt. Umso dankbarer waren die Überlebenden.

Sie hielten ihr Versprechen, eine Kapelle zu Ehren der heiligen Maria, des heiligen Sebastians sowie des heiligen Rochus zu erbauen.

Ebenfalls belegt ist der Überfall der Villinger während der Bauern-kriege auf die Bauern von Esgingen sowie das verheerende Wetter anno 1610.

Alle anderen Begebenheiten in der Geschichte sind frei erfunden. Man glaubte damals übrigens tatsächlich, dass die Pest über die Atemluft übertragen wird.

Quellen:

archive.org

private freepage.defFeets freepage donaueschingen.htm

badische-heimat.de

http://archive.org/stream/geschichtederseu00lamm/geschichtederseu001 amm_djvu.txt

Marie und der Karfunkel

Stadtgeschichte Donaueschingen - Burg Zindelstein

Ängstlich steht das kleine Mädchen vor dem dunklen Wald zwischen Esgingen und Wuldartingas. Gewaltige Tannen und Fichten nehmen das wenige Mondlicht, welches ab und an durch die düsteren Wolken am nächtlichen Himmel bricht. Der eisige Wind fährt durch die Baumwipfel und es scheint, als würde der Wald dem Mädchen winken, einzutreten. Das Wispern der Äste ängstigen das Kind, es geht einen Schritt zurück und weiß nicht, ob es weiter gehen soll. Doch hier durch den schwarzen Wald führt der Fuhrweg. Diesem soll sie folgen hat der Onkel gesagt. Der kalte Wind treibt Tränen in Maries Augen. Die blau gefrorenen Hände fest auf die Ohren gepresst flüstert das kleine Mädchen:

»Liebe Mutter Maria, ich bin es, die Marie aus Pfohren. Ich kann dich jetzt gerade nicht hören, wenn du etwas sagst, aber bitte, bring mich heil durch den bösen Wald. Der Schweinepeter sagt, im schwarzen Wald gibt es Hexen. Aber ich muss doch nach Zindelstein! Kannst du mir nicht ein bisschen Licht machen? Nur, damit ich sehe, wenn eine Hexe kommt!«

Mit weit aufgerissenen Augen, die kleinen Hände immer noch fest auf den Ohren, betritt Marie vorsichtig die Schwärze des Waldes. Sie dreht den Kopf bald nach links, bald nach rechts. Ihre Angst lässt sie vergessen, dass ihre nackten Fußsohlen von vielen Dornen und Steinen aufgerissen sind. Nass schlagen Umhang und Leinenkleid an ihre aufgeschürften Beine, ihre blonden Zöpfe tropfen noch immer von den letzten Regenschauern. Bald kann sie den Weg nicht mehr erkennen. Der Wald hat die kleine Marie verschluckt. Seit Tagesanbruch ist sie nun unterwegs.

Der Vater hatte ihr aufgetragen, dem Onkel in Esgingen vor der drohenden Pestilenz zu warnen. Doch der Onkel hatte sie weg geschickt. Zu wenig zu essen, hatte er gesagt. Obwohl sie ganz nass war, musste sie gehen. Sie hätte ihm sagen sollen, dass sie nicht viel zu essen braucht. Und dass sie ganz brav ist und gewiss keine Widerworte gibt. Tief in

Gedanken versunken, gehen Maries Füße weiter auf den Rillen des Fuhrwegs. Die eisigen Hände hat sie längst von den Ohren genommen und unter ihre Achselhöhlen gesteckt.

Plötzlich bleibt Marie stehen. Der Wald ist ganz still. Kein Wind bringt die Äste zum Flüstern. Kein Käuzlein ruft. Marie hält den Atem an. Ganz sicher steht eine Hexe hinter ihr! Dreh dich um, Marie! Schnell!

Nur Dunkelheit. Aber da! Sie starrt in den dunklen Wald. Etwas hat sich bewegt! Schleicht sich an! Marie geht mit weit aufgerissenem Mund rückwärts. Als Äste knackend brechen, rennt Marie in die Dunkelheit.

»Weg, nur weg!«, ist ihr einziger Gedanke.

Ihre Füße tragen sie durch das weiche Moos in die schwarze Tiefe des Waldes. Die Wurzel sieht Marie nicht und auch nicht den großen Fels dicht daneben. Schwer schlägt sie mit dem Kopf auf den Fels. Blut färbt ihr blondes Haar. Ohnmächtig sinkt Marie zu Boden. Den stattlichen Hirsch, der auf dem Weg steht, bemerkt sie nicht mehr.

Es ist warm. Tief atmet Marie ein. Sie riecht das Feuer der Kochstelle. Und den vertrauten Geruch nach Schafen. Holzschüsseln klappern. Sie ist zu Hause. Zufrieden schläft sie wieder ein.

Die Tür zur Kate wird geöffnet. Kalte Luft strömt herein. »Ist sie schon wach?«, hört Marie eine leise Männerstimme, »Lass sie schlafen. Armes Ding«, flüstert eine Frau zurück.

»Mutter?«, will Marie rufen, doch ihr Hals ist so trocken, dass nur ein heiseres Krächzen zu hören ist.

Das Kind reißt die Augen auf und sieht eine Frau in Bauerntracht an ihr Strohlager eilen. Sie ist noch jung, das Haar ist von dunklem Braun und sie trägt keine Haube darauf.

»Hallo, mein Kind. Du bist endlich wach. Das ist gut.«

Die Frau spricht ruhig und liebevoll. Das breite Lächeln lassen ihre grünen Augen fast verschwinden.

»Wie geht es dir? Hast du warm?«

Die Frau zieht die Decke aus Schaffell bis unter Maries Kinn.

Marie nickt.

Der Kopf tut ihr weh. Sie will ihre Stirn berühren, doch die Frau hält schnell Maries Hand fest.

»Nicht anfassen, Kindlein, es hat geblutet. Bist wohl gefallen.«

Ernst sieht sie das Mädchen an.

Als die Erinnerung über Marie hereinbricht, zuckt sie zusammen. Tränen treten in ihre Augen und ein Schluchzen löst sich ganz tief aus ihrer Brust. Der Weg von den Eltern in Pfohren nach Esgingen zum Onkel, die drohende Pestilenz, der dunkle Wald, die Hexe.

Maries Augen zucken hin und her. Fieberhaft überlegt sie, ob sie sich der fremden Frau anvertrauen soll. Alles erzählen.Riskieren, dass man sie auch hier weg schickt. Zurück in den dunklen Wald. Zu den Hexen! Und Zindelstein? Wenn sie es nicht finden kann? Oder wenn sie dort auch nicht bleiben darf? Soll sie allein in die weite Welt?

Marie hat Kopfschmerzen. Und sie ist müde, so müde. Tränen sammeln sich in Maries Augen, sie strömen ungehindert über ihre Wangen. Marie spürt sie im Ohr ankommen. Sie möchte die Tränen weg wischen, findet jedoch nicht die Kraft, ihre Hand zu heben.

»Alles wird gut, alles wird gut!«

Der Singsang der Frau lassen Maries Augen schwer werden. Dankbar lässt Marie sich zurück in die Dunkelheit gleiten.

Als Marie erneut erwacht, riecht sie Essen. Sie hat Hunger. Nein, denkt sie, besser nichts essen. Kinder schickt man weg, wenn sie viel essen, da ist sich Marie jetzt ganz sicher. Holzschüsseln klappern dumpf aufeinander. Maries Magen knurrt laut.

»Oho! Da hat noch jemand Hunger!«, hört sie den Mann dröhnend lachen.

»Hast du auch genug Mooseintopf gekocht, Gundel?«

»Mein lieber Hartel, dir sitzt wohl der Schalk im Nacken! Mooseintopf!«, lacht die Frau, »mach dem Kind keine Angst! Oder war das dein Ernst? Willst du Mooseintopf, so koch ich dir welchen!«

Das Lachen der beiden füllt die Hütte bis zu den rußgeschwärzten Holzbalken. Fröhlich bellt ein Hütehund, den Marie bislang noch gar nicht gesehen hatte und eines der Schafe im Pferch mäht, als wolle es auch lachen.

Marie beobachtet Gundel, wie sie aus einem Kessel über der Feuerstelle Haferbrei in zwei Schüsseln verteilt. Es zischt, als ein Tropfen auf die steinerne Umrandung fällt.

»Nur Vorsicht! Du verschwendest unser dürftiges Mahl!«

Hartel zwinkert Marie zu. Hätte sie ihn im Wald gesehen, hätte sie Angst gehabt. Groß ist er und sein schwarzer Bart bedeckt beinahe das ganze Gesicht. Unter seinem langen schwarzen Haaren verstecken sich beinahe schwarze Augen. Gekleidet ist er in grobes Leinen und sein mächtiger Schwarzdornstab lehnt direkt hinter Hartel an der Bettstatt.

»So, jetzt wollen wir essen!« verkündet Gundel.

Mit zwei Schritten ist sie am Pferch der Schafe vorbei zum Tisch geeilt, die dampfenden Schüsseln in der Hand.Es gibt nur einen Hocker, darauf sitzt Hartel. Gundel setzt sich neben Maries Strohsack. Aus dem Strick, welcher ihr Kleid zusammenhält, zieht sie einen Holzlöffel. Marie nimmt einen kleinen Bissen von der Löffelspitze, dann wendet sie den Kopf zur Wand.

»Nanu, Kind, schmeckt es dir nicht?«

»Ja, du liebe Güte, sieh nur, Hartel, sie weint schon wieder.«

Gleichmütig antwortet Hartel: »So schlimm finde ich den Haferbrei gar nicht. Nun, dann wollen wir eine Schüssel voll stehen lassen, falls die Mäuse heute Nacht Hunger haben.«

Während Gundel und Hartel ihr Mahl beenden, überschlagen sich die Gedanken in Maries Kopf.

Wenn hier sogar die Mäuse etwas zu essen bekommen…Sollte sie es wagen, diese Schüssel leer zu essen? Und wenn jemand sie erwischte?

Immerhin war das Essen ja für die Mäuse. Aber Hartel war wohl Schafhirt, kein Maushirt. Über ihren Gedanken fällt Marie erneut in einen tiefen Schlaf.

Als sie erwacht, ist es dunkel in der Hütte. Marie kann die Schafe in der Ecke rascheln hören und der Geruch des Haferbreis steigt ihr verlockend in die Nase. Leise nimmt das Mädchen die Holzschüssel.

»Sieh an, der Haferbrei ist leer«, wird Marie geweckt.

Lachend steht Gundel vor ihr, in der Hand ein Stück Brot.

»Hier, Kindlein, es ist noch warm, dann schmeckt es am Besten!«

Ohne Nachzudenken beisst Marie in den warmen Fladen.

»Gut, iss nur, dann wirst du schneller gesund!«, lächelt Gundel ihr zu.

»Sag mal, kennst du deinen Namen oder bist du noch zu klein?«

Empört antwortet das Mädchen: »Ich bin nicht klein, ich bin die Marie aus Pfohren! Und ich soll nach Zindelstein, da soll ich bleiben, so hat`s mein Onkel gesagt, weil bei ihm durfte ich nicht bleiben, obwohl ich ihm gesagt hab, dass die Pestilenz kommt!«, sprudelt alles aus Marie heraus.

»Zindelstein? Bist du sicher? Hartel!« Gundel sieht erschrocken aus.

»Hartel, komm rein, das glaubst du nicht!«

Licht strömt in die finstere Hütte, als Hartel eintritt.

»Hartel, stell dir vor, die Marie soll nach Zindelstein. Dort bleiben, die Pestilenz ist unterwegs!«

»Zindelstein? Da wohnt seit vielen Jahren niemand mehr, die Burg wurde im Bauernkrieg zerstört. Und woher willst du wissen, dass die Pestilenz kommt?«

Forschend blickt Hartel in das Gesicht der kleinen Marie. Nun erzählt Marie ihre Geschichte und die Augen des großen Mannes werden mit jedem Wort schwärzer.

»Du bleibst bei uns, mein Kind. Hier im Wald sind wir sicher vor der Pestilenz, hier ist die Luft sauber.«

»Aber warum ist Zindelstein kaputt? Ist die Burg abgebrannt? Hat jemand gezinselt?«, will Marie wissen.

»Nein, niemand hat gezinselt. Ich will dir den Namen der Burg erklären, lass mich nur noch auf den Schemel sitzen.

Gut.

Vor vielen Jahren war der edle Ritter von der Burg auf den heiligen Kreuzzügen im fernen Morgenland. Mit Gottes Hilfe kämpfte er mutig gegen die Ungläubigen. Gar viele schlug er mausetot.

Er brachte viel Gold und edle Gewänder zurück. Sein liebstes Stück aber war ein leuchtend roter Karfunkelstein. Diesen legte er des Nachts bei Vollmond auf die Zinnen. Der Stein funkelte im Mondenlicht, grad, als wenn er brennen würde. Weithin war er zu sehen. Er zindelte, leuchtete so rot wie die Glut des Herdfeuers. So wurde die Burg bald Zindelstein genannt. So erzählt man sich. Wenn man es so glauben möchte.«

Hartel lehnt sich grinsend nach vorne.

»Nun, Hartel, jetzt erzähl schon deine Geschichte, sie blitzt dir schon aus den Augen!«

Gundel sieht Hartel erwartungsvoll an.

»Nun, wenn es dein Wunsch ist, so will ich meine eigene Mär gerne erzählen.

Einst lebte ein Ritter auf einer Burg. Er verließ aber Frau und Tochter, um in den heiligen Krieg im Morgenland zu ziehen. Dort schlug er viele Ungläubige tot, zündete ihre Hauser an und nahm alles mit, was ihm gefiel. Es begab sich aber, dass eine Hexe darunter war, die gab dem Ritter als Tausch für ihr armseliges Leben einen Karfunkel. Diesen roten Stein solle er auf die Burgzinne legen, dann würde er Unheil und Krankheit abwenden. Auch edle Herren sollte der Zauberstein anlocken, so dass die Tochter des Grafen reich vermählt werden könnte.

Zufrieden kehrte der Graf mit seiner Beute zurück zu seiner Burg in Wuldardinga. Doch wie musste er erschrecken! Sein Weib war ganz ausgezehrt, die Getreidespeicher leer, alles Vieh aufgefressen, die Diener über alle Berge.«

Augen und Mund weit aufgerissen, lauscht Marie.

»Sind sie überfallen worden? Auch von den Villingern?«

»Nein«, viel schlimmer!«, antwortet Hartel grinsend.

»Es war… seine Tochter! Die war aus Langeweile so dick wie drei Ochsen geworden, der Schneider musste ihr Kleider nähen, so groß wie Ritterzelte!

Die Bettstatt der Grafentochter war schon lange zusammengebrochen, vier Fuhren Stroh mussten die Bauern bringen, um die Grafentochter weich zu betten!

Der Graf tauschte beinahe die ganze Beute in Getreide und Wein um, doch nach drei Tagen und Nächten hatte seine Tochter auch das verfressen und versoffen. Da weinte der Graf gar bitterlich und holte sein letztes Beutestück: den roten Stein. Diesen legte er auf die Zinnen seiner Burg, und wie die Hexe aus dem Morgenland vorhergesagt hatte, leuchtete der Stein rot wie Feuer. Bis zu den Eidgenossen konnte man das Leuchten sehen!

Schon am nächsten Morgen baten Scharen edler Herren vor der Burg um Einlass. Alle waren gekommen, um das Geheimnis des Zindelsteins zu ergründen. Die Grafentochter aber war so abgelenkt von den vielen jungen Edlen, dass sie ganz vergaß, zu essen.

Sie ward dünner und dünner und bald freite sie ein edler Eidgenosse und nahm sie mit in die Schweiz. Kaum aber hatte die Grafentochter die Grenzwächter passiert, zersprang der Zindelstein in tausend Teile. Ja, mein Kind, und wer genau hinschaut, kann um die Burg herum noch kleine Stücke finden. Und weil ich dich schon in mein Herz geschlossen habe, sollst du ein Stückchen haben.«

Hartel öffnet einen kleinen Beutel an seinem Gürtel und nimmt einen roten Stein heraus.

»Hier, nimm ihn, und wenn du in Not bist, leg ihn in das Mondlicht. Ich werde dem Leuchten folgen und dir helfen. Es sei denn, ein junger Edler ist schneller!«

»Also muss ich doch gehen?« Maries Augen schwimmen in Tränen.

»Nein, Marie, bleib bitte hier bei uns. Wir werden uns um dich kümmern, als wärst du unser Eigenes.

Ist die Luft wieder rein, geleite ich dich zu den deinen.«

Behutsam nimmt Marie den roten Stein aus Hartels riesiger Faust in ihre kleine Hand. Warm und weich fühlt er sich an, der Zindelstein. Wie die Luft in der kleinen Hütte.

Erläuterung:

Karfunkel ist der veraltete Ausdruck für Rubin

Quellen:

Wikipedia

Baarverein Schriftenarchiv

Verdingt

Der weiße Putz fühlt sich rau und warm an unter seiner Hand. Dieses Gefühl beherrscht seine gesamten Gedanken und nur undeutlich nimmt er wahr, wie seine Knie unter ihm nachgeben und er ächzend zu Boden fällt. Es tut nicht weh, nicht so sehr wie das Gefühl, aus dem Hier und Jetzt ohne Vorwarnung in seine Kindheit katapultiert zu werden.

Ruedi kann brennendes Gummi riechen und sein Körper rollt sich zu einer schützenden Kugel zusammen, aber er weiß, dass er ihm nicht nutzen wird. Es gibt keinen Schutz, nur Schmerzen.

So viele Schmerzen.

Ruedi spürt eine Hand auf seiner Schulter und durch den Nebel, in welchem seine Seele panisch irrt, hört er eine weibliche Stimme, welche ihn fragte, ob er sich verletzt hätte. Ruedi schüttelt den Kopf. Glaubt er. Vielleicht auch nicht. Es ist ihm zu mühsam, nachzudenken, er will nur einfach hier auf dem Gehweg liegen dürfen und den Weg aus der Angst finden.

Ruedi ist wieder der neunjährige Bub in Emmental. Klein und schutzlos. Er sieht sein Elternhaus, die kleinen Kate, die im Winter Eisblumen an den winzigen Fenstern hatte und seine Mutter, die lachend mit ihm Fangen spielte. Sie spielte so oft mit Ruedi, wie es ihre Zeit zuließ. Doch seine heile Welt fand eines Morgens ein jähes Ende. Die Mutter hatte damals ihre Arbeit in der Spinnerei verloren und es fehlte an allem Nötigen, als es eines Morgens an der Haustür klingelte und eine Frau von der Armenfürsorge eintrat.

»Wir holen den Ruedi, der gehört in eine Pflegefamilie verdingt!«, erklärte die Frau seiner Mutter und Ruedi rannte panisch in das kleine Schlafzimmer.

Zitternd vor Angst kroch er unter seinen Strohsack, er wollte nicht abgeholt werden, er wollte bei seiner Mutter bleiben.

»Du kannst hier nicht bleiben, das geht nicht.«

Damals wie heute zerrt jemand an seinem Kragen, nur war er damals der kleine Ruedi und heute ein alter Mann. Mit erstaunlicher Kraft wird Ruedi an seinem Hemd und gleichzeitig zurück in die Gegenwart gezogen, in die Straße von Schaffhausen, auf den Gehweg vor dem Antiquitätenladen.

»Na, geht es wieder oder soll ich die Ambulanz anrufen?«

»Alles in Ordnung!«, erklärt er mit zitternder Stimme.

Als er versucht, aufzustehen, knicken seine Beine erneut unter ihm weg, doch die junge Frau greift sofort zu und stützt Ruedi am Arm.

»Hier, setzen Sie sich auf die Bank!«

Sie dirigiert Ruedi auf eine alte Holzbank, welche vor dem Schaufenster platziert ist.

»Danke«, flüstert Ruedi und hofft, die Frau möge gehen.

Er nimmt wahr, dass Tränen über seine Wangen strömen, aber es macht ihm nichts aus. Sie sind eben einfach da. Die Frau setzt sich dicht neben ihn, so eng, dass Ruedi es nicht aushalten kann und ein Stück abrückt.

»Oh, Entschuldigung!«, sagt sie mit ernster Stimme, »ich wollte Sie nicht belästigen. Oder doch, ich wollte Sie belästigen. Ich habe Sie beobachtet. Sie sind von der Migros gekommen und als Sie in das Schaufenster gesehen haben, sind sie einfach umgefallen. Wie vom Blitz getroffen. Was hat Sie so umgehauen? Sind Sie krank? Herz?«

Als Ruedi den Kopf schüttelt, steht die Frau auf und kniet sich vor ihn hin.

»Sie ist klein!«, denkt er und wundert sich, wie so eine kleine Frau eine solche Kraft haben kann.

Ihre Haare sind blond und ganz kurz geschnitten, sie wirkt sportlich und energisch.

»Sie müssen das flicken!«

Ruedi zeigt auf die Risse in ihrer dunklen Jeans.

»Lenken Sie nicht ab!«, weist sie ihn zurecht, aber in ihrer melodischen Stimme schwingt das Lächeln mit, welches sich auf ihrem schmalen Mund und den braunen Augen widerspiegelt.

»Was ist mit Ihnen?«

Ertappt blickt Ruedi auf seine altersfleckigen Hände mit den krummen Fingern, welche zitternd auf seiner grauen Cordhose liegen. Einige Tränen haben kleine Tropfen auf der breiten Narbe an der linken Hand hinterlassen.

»Das Bild da.«

Vage deutet er auf das Schaufenster hinter sich.

Martina dreht sich um.

»Was wollen Sie? Gehen Sie lieber, ein junges Fräulein kann nicht bei einem alten Kerl wie mir sitzen!«, sagt Ruedi ruhig und seine Augen wollen in ihre Augen blicken, aber er lässt sie nicht. Er kann durch die Tränen hindurch sowieso nichts sehen.Er will nach Hause, in sein Bett, die Gardinen zu ziehen und wie so oft einfach da liegen. Ohne Farben, ohne Geräusche, ohne Gedanken.

»Ich heiße Martina und ich kenne Sie vom Sehen. Sie wohnen in dem kleinen braunen Haus am Rhein. Ich wohne beinahe neben Ihnen. Wir sind Nachbarn. Und alt werden wir alle. Wir dürfen nur nicht alt und einsam sein.«

Sanft berührt sie seinen linken Arm.

»Hören Sie, ich rufe jetzt ein Taxi und dann bringe ich Sie nach Hause und mache uns einen Kaffee. Und dann reden wir ein bisschen!«

Während Martina ihr Handy aus der Hosentasche zieht und ein Taxi bestellt, überlässt Ruedi sich seinem Schmerz. Er macht sich nicht die Mühe, seinen Kummer zu verbergen, es ist ihm egal, dass alle Menschen einen alten Mann weinen sehen können. Irgendwann spürt er Martinas Hand, sie greift ihn am Arm und zieht ihn sanft von der Bank.

»Kommen Sie, wir fahren nach Hause!«, sagt sie leise.

Als das Taxi vor seiner Haustüre hält, steigt er mühsam aus. Er ist so müde, dass er sich kaum mehr auf den Beinen halten kann. Es ist ihm egal, ob Martina da ist oder nicht, egal, ob sie ihm folgt oder geht. Wie ferngesteuert geht er in sein Schlafzimmer, zieht die Gardinen zu, streift die Schuhe ab und legt sich in sein Bett. Ruedi lässt seine Seele in das schwarze Loch fallen, welches schon auf ihn gewartet hat. Nachdenklich schließt Martina seine Tür, geht in ihre Wohnung und kurz darauf zurück zum Antiquitätenladen. Die große Plastiktüte in ihrer Linken ist nicht schwer, aber sie fühlt sich schwer an. Bedeutungsschwer.

Behutsam holt sie das Bild aus der Tüte und stellt es auf einen Stuhl in der Küche. Es ist so groß wie eine aufgeschlagene Zeitung und in einem schlichten Eichenrahmen. Die junge Frau stellt eine weiße Tasse unter ihre Kaffeemaschine und drückt den Knopf. Während die Maschine gurgelnd die Tasse füllt, stellt sie einen zweiten Stuhl vor das Bild und lässt sich dann mit dem Kaffee in der Hand darauf nieder. Martina betrachtet aufmerksam das Bild, welches die Macht hatte, einen alten Mann zu Fall zu bringen. Das Bild scheint nicht bedrohlich zu sein, eher friedlich und harmonisch.

In ruhigen Farben ist die Getreideernte dargestellt, damals, als die Bauern noch ohne lärmende Geräte auf dem Feld arbeiteten. Martina hat schon viele ähnliche Gemälde gesehen. Auch ihre Großmutter hat in der Stube ein Erntebild aufgehängt, es zeigt eine bäuerliche Apfelernte.

Das Bild, welches Martina gerade im Antiquitätengeschäft gekauft hatte, zeigt Bauern auf dem Feld, eine typische Herbstszene. Die Bäuerin im langen Kleid bindet Garben, auf dem stoppeligen Feld liegt eine karierte Decke, dekoriert mit einem Krug und Obst. Ein Ochsengespann zieht den Pflug durch das bereits abgeerntete Feld, der Bauer und ein kleiner Junge mit Leinenhemden und braunen Hosen gehen neben dem Pflug. Martina weiß von ihrer Großmutter, dass das Pflügen sehr anstrengend war, auch, wenn sie keine genaue Vorstellung davon hat, was genau der Bauer und der Junge machen mussten. Das Bild ist in satten Gelb- und Brauntönen gemalt, welche durch die Akzentuierung von Rot und Grün die Wärme dieses Herbsttages fast spürbar machen.

Ihre Großmutter hatte noch so gearbeitet, das hatte sie Martina schon sehr oft erzählt. Sie kam wie Ruedi aus dem Emmental und hatte ihr auch gesagt, sie kenne ihn aus ihrer Kindheit. Die beiden könnten ungefähr im selben Alter sein. Mehr hatte ihre Großmutter jedoch nicht erzählt. Nachdenklich nippt Martina an ihrem Kaffee. Ob sie nach Ruedi sehen sollte? Vielleicht lieber morgen früh. Mit frischen Brötchen könnte sie ihn zum Frühstück besuchen. Und sich ein bisschen um ihn kümmern. Das, findet Martina, ist ein guter Plan.

Ruedi scheint ein Mensch mit einer interessanten Vergangenheit zu sein. Martina hatte sich schon öfter Gedanken um Ruedi gemacht, der in dem schlichten Haus in der gleichen Straße wohnte. Sie hatte noch niemals Besuch bei ihm gesehen, selten ging er aus dem Haus. Und auffallend häufig waren seine Gardinen vorgezogen. Manchmal mehrere Tage.

Das konnte nicht gut sein, Martina war der Überzeugung, alle Menschen bräuchten ein solides soziales Umfeld. Und er war so süß, wie er in seiner alten Cordhose den Gehweg entlang hinkte, die Stofftasche fest in der Faust, die Augen am Boden. Sie beschließt mehr über ihn herausfinden und sie weiß auch, wer ihr helfen kann. Behutsam packt sie das Bild zurück in die Plastiktüte und macht sich auf die Fahrt ins Emmental.

Nachdem sich Martina aus der herzlichen Umarmung ihrer Großmutter gelöst hat, packt sie das Bild aus und stellt es gegenüber der kleinen hölzernen Sitzgruppe an die Wand.

»Großmutter, ich habe heute Ruedi getroffen. Du hast mir einmal erzählt, er wäre auch aus dem Emmental und heute Morgen hat er dieses Bild gesehen und ist einfach umgefallen. Ich glaube, es geht ihm nicht so gut und wollte dich fragen, ob du weißt, was er hat und warum das Bild ihm den Boden unter den Füßen weg zieht.«

»Der Ruedi? Der Verdingbub vom Seematter? Ja, der ist nicht aus dem Emmental, der kommt aus Bern. Vielleicht Berner Oberland, das weiß ich nicht so genau. Der hat im Emmental gearbeitet, auf dem Nachbarshof. Oh, da war er noch klein und so ein dünnes Bürschlein! Der hat es nicht leicht gehabt beim Seematter auf dem Hof. Das war ein böser Mann!« Die Großmutter schüttelt betrübt den Kopf.

»Du machst aber keinen Unfug, nur weil du Irrenarzt studierst, oder?«

»Nein, Großmutter, ich will ihm nur eine Freude machen, da musst du keine Angst haben! Und ich studiere Psychologie, damit ich Menschen wie Ruedi helfen kann.«, versichert Martina ernst, rollt jedoch in ihrem Inneren mit den Augen.

»Was heißt, er hat es schwer gehabt? Und warum war er nicht bei seinen Eltern?«, hakt Martina nach.

»Das ist schnell erklärt, Tina. Bis in die 60er Jahre hatte man auf den Höfen noch Verdingkinder. Aber darüber spricht keiner gerne, ein Elend, das es in der Schweiz so etwas gab! Da hat man Leute von der Armenfürsorge los geschickt. Die haben bei den armen Familien die Kinder weg geholt und in andere Gemeinden gebracht.

Damit sie nicht hungern. Damals hat man gesagt, dass aus armen Schluckern nie was wird. Und aus den Kindern auch nicht, weil die wissen es nicht besser. Man wollte den Kreis der Armut durchbrechen. Also hat man sie in Familien verdingt. Damit sie lesen und schreiben lernen und zu essen haben. Die Bauern haben dann von der Gemeinde Geld für die Kinder bekommen.

Der kleine Ruedi war der Verdingbub vom Seematter-Hof. Das hat mir die Mutter vielmals erzählt, wie der den Ruedi arbeiten lässt. Schlimmer als die Ochsen musste er schuften und als der Vater einen neuen Stall auf dem Hof gebaut hat, kam er oft kopfschüttelnd nach Hause. Aber er konnte nichts machen, der alte Seematter hätte ihm sonst keine Arbeit mehr gegeben. Und die hat er dringend gebraucht! Die Zimmermänner hatten nicht viel Geld!«

»Großmutter, was hat er mit Ruedi gemacht?«, hakt Martina nach.

»Einmal hat der Vater gesehen, wie Ruedi auf dem spitzen Holscheit knien musste. Draußen auf dem Hof im Dreck. Und sein Hemd hatte Blutflecke am Rücken. Viel ist der kleine Kerl geprügelt worden, das war fast nicht zum Aushalten!«

»Warum habt ihr nichts gemacht?«

»Was hätten wir tun sollen? Meine Eltern hatten ja selbst Angst vor dem Bettel! Und ich war noch in der Schule und habe den Ruedi fast nie gesehen! Weil in der Schule war er nicht so oft.«

»Er sollte doch auch zur Bildung in eine andere Familie! Da stimmt doch etwas ganz und gar nicht!«, wundert sich Martina.

»Ja, da hat man dann immer gesagt, der hat nichts und der wird nichts und er bekommt seine Bildung schon am rechten Ort. Die Kinder hatten damals keine Rechte, nicht so, wie heute! Der Ruedi hat jeden Tag auf dem Feld gearbeitet und der Vater hat gesagt, er habe nur einen Kartoffelsack zum Zudecken und oftmals hat er dem Ruedi ein Brot zugesteckt. Und einmal hat er ihm von der Mutter eine Salbe mitgenommen, die Buben vom Seematter haben ihn mit einem Veloreifen schlimm verwundet. Der Mutter hat geweint, als er erzählt hat, sie hätten den Veloreifen vorher im Feuer angeschmolzen!«

Martina schluckt.

Sie hatte Mühe, sich das Grauen, welches Ruedi ausgeliefert gewesen war, vorzustellen.

Wie konnte man ein kleines Kind, das von den Eltern weggerissen worden war, nur so behandeln.

Kein Wunder war aus dem kleinen Ruedi ein einsamer alter Mann geworden.

»Großmutter, was glaubst du? Ob es ihm hilft, wenn ich mich ein bisschen um ihn kümmere? Und eines Tages vielleicht sogar mit zu dir nehme, damit er über sein Elend sprechen kann?«

Die Großmutter schüttelt den Kopf.

»Ich glaube nicht. Probier es, aber den haben sie total verkorkst. Und lass das Bild lieber hier bei mir. Es hilft ihm nicht, es zu sehen, bevor er so weit ist! Nimm ihm ein Stück Zopf mit, den habe ich frisch gebacken und sag ihm Grüße.«

Als Martina vor ihrer Haustür ankommt, waren die Gardinen bei Ruedi immer noch geschlossen. Energisch strafft Martina ihre Bluse.

Es würde ein langer Weg werden...

Gascho

Heute war Christinas großer Tag. Der Doktor hatte ihr den Auftrag erteilt, ihn bei der Visite zu begleiten. Gleich würde sie zeigen können, wie gut sie bei der Arbeit war. Und vielleicht würde sie dann auch in der Zukunft einmal Oberschwester sein. Stolz schritt sie dicht hinter seinem wehenden Arztkittel den langen Gang von F3, der Station der ruhigen Patienten entlang, bemüht, schnell und doch leise zu gehen. Nur kurz warf Christina einen Blick auf die junge Lernschwester Madelin, die sich mit dem Rücken an die weiße Wand drückte, um die Visite passieren zu lassen. Madelin strich sich kurz mit der rechten Hand über ihre weiße Schwesternschürze. Christina stockte der Atem. Das Zeichen. Was dachte sich Madelin nur! Vor den Augen des Doktors! Christina brauchte ihre Arbeit hier. Nicht auszudenken, was geschehen konnte, würde jemand sie zusammen erwischen! Madelin hatte nicht den besten Ruf, das war Christina nur zu gut bewusst. Alle möglichen Verdächtigungen würden unter den Pflegerinnen die Runde machen! Trotz ihrer Angst nickte sie Madelin kaum merklich zu und eilte mit gesenktem Blick weiter.

Im Schlafsaal war beinahe kein Durchkommen. Viel zu eng standen die Betten, das Spital war weit über ihre Kapazität belegt. Zügig schritt der Doktor von Bett zu Bett, nahm die Patientinnen kurz in Augenschein und diktierte Christina die weitere Behandlung der Frauen. Mit den Patientinnen wechselte er kaum ein Wort, aber das beunruhigte Christina nicht weiter, die Frauen waren ihm bekannt und er hatte schließlich studiert. Christinas Aufgabe war es, dem Doktor das Krankenblatt zu reichen, den Namen der Frauen bekannt zu geben und weitere Maßnahmen zu notieren. Die Arbeitstherapie war für alle Patientinnen auf F3 Pflicht, zusätzlich zu den Psychopharmaka, die sie einnehmen mussten. Manche bekamen so viele Medikamente, dass der Platz im Patientenblatt nicht ausreichte. Sorgfältig notierte Christina alle Anweisungen des Doktors, um sie später den anderen Pflegerinnen mitzuteilen. Auf dem Rückweg zum Schwesternzimmer sprach der Doktor sie an.

»Fräulein Hämmerli, wie lange arbeiten Sie schon auf der F3?«

»Seit einem Jahr, Herr Doktor«, antwortete Christina mit klopfendem Herzen.

»Gut. Ich brauche Sie bei den schweren Fällen, unten auf der Zweiten, Sie fangen morgen um 5 Uhr an. Melden Sie sich bei Oberschwester Gälli, ich gebe ihr Bescheid, dass sie kommen.«

»Danke, Herr Doktor!«, flüsterte Christina schüchtern und beeilte sich, in die Sicherheit des Schwesternzimmers zu gelangen.

Erst als die Tür geschlossen war, wagte sie ein breites Lächeln. Sie hatte den ersten Schritt zur Oberschwester geschafft. Eine Versetzung zu den schweren Fällen! Hier arbeiteten nur die zuverlässigsten und fleißigsten Schwestern. Christina hatte schon gehört, dass die Frauen auf der Zweiten unglaubliche Dinge taten! Wenn sie das der Mutter schrieb! Sie würde stolz sein auf ihr »Käschperli«, hatte sie doch nach so kurzer Zeit gezeigt, wie gut sie arbeitete. Als sich hinter Christina mit einem leisen Knarren die Tür öffnete, sah sie Madelin, die sich schnell durch den Spalt ins Schwesternzimmer drückte.

»Madelin! Nicht hier, du musst sofort gehen! Und ich kann dich nicht mehr treffen, ich werde ab morgen auf der F2 arbeiten. Geh, bevor jemand herein kommt!«

»Nur dieses eine Mal noch, Christina, bitte, in der Pause unter der Trauerweide?«, bettelte Madelin.

»Geh jetzt! Ich komm ja!«, befahl Christina ungeduldig und schob Madelin zur Tür.

Während sie die Anweisungen des Doktors in die dicken Patientenakten eintrug, klopfte Christina das Herz bis zum Hals. Es war riskant, sich zu treffen. So, wie sie es mit Madelin tat. Das konnte sie in arge Schwierigkeiten bringen. Der Vater würde sie mit dem Gürtel peitschen, bis sie nicht mehr sitzen könnte, wenn sie die Arbeit verlöre und zurück nach Untervaz müsste! Sie würde es Madelin heute sagen, nur noch dieses eine Treffen und dann würden sie getrennte Wege gehen. Während Christina einige blonde Haare unter die weiße Schwesternhaube schob, stahl sich ein verträumtes Lächeln auf ihr schmales Gesicht. Auf der Zweiten würde sie arbeiten! Vielleicht bekam sie auch mehr Geld! Sie könnte eine kleine Wohnung mieten oder ein Auto kaufen. Und neue

Kleider, sie würde nicht mehr aussehen wie das Bauernmädchen aus Untervaz. Sie würde aussehen wie Mae West! Dann müsste sie auch den Matthis nicht mehr heimlich treffen, sie könnten heiraten! Sie würde noch arbeiten, bis sie genug gespart hätte und dann…

Christina war bereits großjährig und der Mathis musste nicht mehr ihre Eltern fragen. Sie könnten einfach heiraten! Christina drehte sich vor Übermut im Kreis, bis ihr schwindlig wurde. Noch zwei Tage und sie würde ihn wieder sehen. Dann hatte sie frei am Nachmittag, denn es war Sonntag und sie durfte zwei Mal im Monat in die Kirche. Danach hatte sie noch eine Stunde Zeit, die sie mit ihrem Geliebten verbringen wollte, bevor sie wieder auf die Station musste. Christina klatschte vor Freude in die Hände.

Als sich erneut die Tür zum Schwesternzimmer öffnete, erschrak Christina. Die Oberschwester trat ein, wie immer tadellos sauber und mit strengem Gesicht.

»Fräulein Hämmerli, sind Sie fertig? Sie müssen noch im Badezimmer helfen. Na los, gehen Sie schon!«

Christina knickste leicht und beeilte sich, durch die Tür zu kommen.

Die riesige Trauerweide stand hinter der Klinik am Bachufer.

Der warme Vorfrühling hatte der Wiese gut getan, kräftig wuchsen die Halme im Streit um die meisten Sonnenstrahlen und die ersten Blumen reckten ihre Blüten zwischen dem Grün hervor. Christina hatte heute keinen Blick für die Pracht der Natur. Sie schaute sich hastig um und schlüpfte ungesehen unter das dichte hängende Geäst mit dem ersten grünen Laub des alten Baumes. Alle verbarg er darunter, die nicht entdeckt werden wollten. Als sie den Kopf hob, stand Madelin direkt vor ihr und strahlte sie an.

»Madelin, was gibt es so Dringendes?«, fragte Christina atemlos.

»Du, sie haben wieder eine gebracht. Der Kastenwagen war da. Wirklich ein gelber! S`gääl Wäggeli, das gibt es wirklich! Und hinten drin ein kleines Mädchen. Und ein Hund. Der Spälti hat die Kleine am Arm gepackt und in die Anstalt gebracht.«

»Ja, und? Auch kleine Mädchen können irre sein.«

»Ich habe mit ihr geredet, als ich sie baden musste. Ganz normal hat sie gesprochen, aber sie sieht aus wie eine Zigeunerin. Sie ist eine Jenische, hat sie gesagt, und sie haben sie von den Eltern weg gerissen und dann ins Heim gebracht. Und dort musste sie zu einem Mann von der Pro Juventute. Der hat ihr Gewalt getan und dann hat sie wohl viel geweint und nichts mehr essen wollen. Den Mann hat sie laut beschuldigt und schon am Abend kams gääl Wäggeli! Die ist nicht irre, das glaub ich nicht!«

»Madelin, die Zigeuner und die Jenischen sind debil, das weiß doch jeder. Arbeitsscheu und mit schlechten Genen. Säufer, Huren und krank im Kopf. Und wir Schweizer klauen doch keine Kinder! Die hat dich angelogen! Als ob einer von Pro Juventute kleine Mädchen vergewaltigt!«

»Ich glaub das aber. Was ist denn, wenn das alles stimmt? Wenn die Schweizer Behörden wirklich Kinder wegnehmen und die gar nicht debil sind? Und die Jenischen arbeiten doch, sind Messerschleifer und Korbflicker. Und die Brüggeli auf der Station: das ist eine Schweizerin und ihr hat man auch das Kind weggenommen. Und der Fälli Anni auch! Die Kinder sind einfach weggebracht worden! Wir müssen die Kleine hier rausbringen oder ihre Eltern finden! Die wissen bestimmt nicht, wo ihr Kind hin gebracht wurde!! Du hast doch schon mal der Frau am Zaun gesagt, dass ihre Tochter bei uns ist und ihr geholfen, das müssen wir wieder machen!«

»Da haben wir doch schon drüber geredet, Madelin! Wir sind Schweizer, wir machen das nicht wie die Deutschen damals. Wir sind doch keine Nazis! Und bei der Fälli Anni schaut mein Bruder in die Akten. Das dauert eben noch Zeit, er ist auch nur Aspirant, da kann man nicht einfach so an den Schrank spazieren und nach der Anni ihrer Akte suchen. Der wird uns schon sagen, ob das stimmt. Und außerdem sind wir in einer Irrenanstalt. Was meinst du denn, warum die so heißt? Die sind alle irre hier drin. Faseln daher, sabbern und wissens nicht besser. Also, lass mich jetzt endlich in Ruhe. Wenn ich etwas heraus finde über die Anni, treffen wir uns. Bis dahin werden wir uns nicht mehr sprechen. Und auch nichts unternehmen! Wenn das mit dem Mädchen jemand erfährt, schmeißen die uns raus, wir dürfen nicht darüber reden und auch niemandem etwas über die Patienten sagen! Und jetzt muss ich gehen, die anderen sitzen schon im Schwesternzimmer, das fällt doch auf, wenn wir beide nicht dabei sind. Und du wartest gefälligst noch, bis ich weg bin. Und sag, du hattest das Grimmen und warst so lange im WC!«

Vorsichtig spähte Christina durch das Laub der Trauerweide, bevor sie sich zurück in die Klinik begab. Das war erledigt. Und sie würde ihren Bruder schon noch fragen, aber nicht jetzt. Vielleicht im Sommer, wenn sie ihn mal sehen würde.

Am Sonntag gab sich Christina besondere Mühe mit ihrem Haar. Sie zog ihr schönstes Kleid an, das geblümte mit dem Glockenrock und ging mit den anderen Pflegerinnen die Straße hinunter zur Kirche. Der Kies knirschte unter ihren Absätzen und ein ungewöhnlich warmer Märzwind ließ den Saum ihres Kleides tanzen. Ihre roten Wangen leuchteten mit den Strahlen der Sonne um die Wette und ihr Herz schlug so heftig, dass Christina Sorge hatte, die anderen würden es hören. Als sie durch das weit geöffnete Portal der Kirche trat, sah sie ihn sofort. Ihr Mathis war der stattlichste Mann in der Kirche! Mit breiten Schultern überragte er die Burschen um sich herum und seine Tracht saß wie angegossen. Aufrecht stand er in seiner Bank und sah sie mit unbewegter Miene an. Nur seine blauen Augen, die die ihren nicht mehr loslassen wollten, verrieten ihn. Christina senkte züchtig den Blick und ging hinter den anderen Schwestern in die Kirchenbank. Immer wieder trieben ihre Gedanken zu Mathis und ihrer gemeinsamen Stunde. Er würde sie gewiss heute fragen, ob sie ihn heiraten will. Christina war sich ganz sicher, er hatte das letzte Mal gesagt, er wolle sie heute ganz sein Eigen nennen. So schnell, was sollte sie antworten? Endlos zäh zog sich der Gottesdienst hin und Christina konnte kaum still sitzen. Beim Hinausgehen ließ sie sich zurückfallen und tatsächlich bemerkten die anderen Pflegerinnen nicht, dass Christina nicht mehr hinter ihnen ging. Kaum im Schuppen angekommen, riss Mathis sie in seine Arme. Er küsste sie leidenschaftlich und konnte gar nicht genug von ihr bekommen. Seine Hände wanderten fordernd über ihren Körper.

»Schlaf mit mir«, flüsterte er atemlos.

»Nein, Mathis, zuerst müssen wir heiraten. Das gehört sich so!«

Mathis war schon mit der einen Hand unter Christinas Kleid, er zog sie hinab ins Heu und bettelte: »Christina, meine Liebe, wir haben das Jahr 1970, da wartet man nicht mehr bis nach der Hochzeit. Gleich morgen gehe ich das Aufgebot bestellen. Und dann werden wir in vier Wochen heiraten, dann können wir uns heute noch vergnügen. Sei doch kein kleines Kind, wir sind doch erwachsen!«

»Und du gehst wirklich morgen zum Pfarrer?«

»Ja, gleich morgen. Du bist so schön, Christina, zieh dich aus!«

Die nächsten Tage vergingen für Christina wie im Flug. Die Patientinnen auf Station zwei ließen ihr keine Zeit zum Träumen. Viele waren angebunden in ihren Betten, schrien und weinten. Die Doktoren gaben ihnen Spritzen, um sie ruhig zu stellen und wer sich wehrte, wurde festgehalten. Auch Elektroschocks, Insulinkuren und Deckelbäder wurden täglich angeordnet. Am aufregendsten fand Christina die Insulinkuren. Die Frauen bekamen Insulin gespritzt, bis sie ohnmächtig in ihrem Bett lagen. Dann, wenn sie fast schon starben, wurde eine Zuckerlösung gespritzt und die Frauen fanden den Weg zurück ins Leben. Jedes Mal hatte Christina schweißnasse Hände vor Angst, die Doktoren würden es nicht schaffen und jedes Mal war Christina erleichtert, wenn es doch gelang. Es waren wirklich Götter in Weiß. Auch Zwangssterilisationen wurden durchgeführt. Schwester Aggi hatte ihr erklärt, dass man so Debilität und schlechte Gene ausrotten könnte. Auch Epilepsie und Trunksucht, Vagantentum und Arbeitsscheue wären in der Schweiz bald Vergangenheit. Die Frauen weinten nach der Sterilisation oft die ganze Zeit und Christina gab ihnen die Medikamente, die sie brauchten, um ihre Hysterie los zu werden. So war es doch besser für die Frauen, dachte Christina, ein debiles oder krankes Kind bringt noch mehr Elend in die Welt. Und Elend gab es schließlich schon genug! Am Sonntag darauf konnte sie nicht am Gottesdienst teilnehmen. Aber den nächsten Sonntag würde sie den Mathis sehen und dann wäre es auch nicht mehr lange bis zur Hochzeit. Bis dahin müsste sie noch aushalten und dann würde sie doch lieber aufhören zu arbeiten und ganz für ihren Mann da sein. Der Mathis war der Sohn vom Reuben-Wirt und gewiss nicht arm, da konnte sie gut in der Wirtschaft helfen und den Mathis den ganzen Tag sehen. Und ihren Kindern könnte sie dann später von den Doktoren erzählen, die alles wissen und Irre heilen können. Und helfen, der Schweiz gesunde Schweizer zu schenken. Das erste Kind war schon unterwegs, Christina war sich ganz sicher.

Als der August zu Ende ging, begann Christina, sich Sorgen zu machen. Sie hatte sich so oft mit dem Mathis im Schuppen getroffen, wie es ging und immer wieder hatte er versprochen, das Aufgebot zu bestellen. Und jedes Mal hatte er es verschieben müssen, weil er so hart arbeiten musste im Wirtshaus. So langsam wölbte sich Christinas Bauch, sie würde Schwierigkeiten haben, ein Brautkleid zu finden! Am besten, sie würde selbst mit den Vorbereitungen zur Hochzeit beginnen. Dann würde es viel schneller gehen und der Mathis wäre stolz auf seine selbstständige Frau. Sie würde gleich in der Pause zur Oberschwester gehen und ihr von der Schwangerschaft und ihrer Hochzeit berichten, schließlich würde man Ersatz brauchen.

Zwei Polizisten holten sie im Schwesternzimmer ab.

»Fräulein Hämmerli«,, sagte der Größere, »kommen sie mit, sie können hier nicht mehr arbeiten.«

»Aber warum?«, fragte Christina, »ich habe nichts getan!«

Der Kleinere packte sie am Arm und spöttelte: »Ja, das sieht man.«

Mit der freien Hand tätschelte er Christinas Bauch, dem man die Schwangerschaft bereits ansah. »Nichts getan, die lügen doch alle, die Huren!«

»Ich bin keine Hure, ich bin verlobt mit dem Reuben-Wirt seinem Sohn, dem Mathis!«

Sie nahmen Christina in ihre Mitte und zogen sie durch den Flur.

»Der Mathis, das ist ein rechter, den kenn ich gut«, sagte der kleinere Polizist, »Der heiratet doch kein mannstolles Weib wie dich! Der kennt dich nicht einmal, hat er gesagt. Der hat dich angezeigt wegen Hurerei und Trunksucht. Mannstoll ist die, hat er gesagt, frag mal, wie die mich immer anvisiert in der Kirche, hat er gesagt. Und jetzt ab mit dir ins Auto, wir haben nicht den ganzen Tag Zeit für so ein Luder wie dich!«

»Der Mathis kennt mich wohl!«, schrie Christina verzweifelt, „«er wird mich heiraten, er hat's versprochen, er konnte nur das Aufgebot noch nicht bestellen, erst im Oktober und das ist in zwei Wochen! Und dann will ich, dass sie sich entschuldigen bei mir, weil dann bin ich die Wirtstochter und bediene, wen ich will!«

Lachend stießen sie Christina in den gelben Kastenwagen und fuhren los. Sie fuhren nicht weit, da hielt der Wagen vor einem großen hölzernen Tor an. Hohe Mauern umgaben das steinerne Gebäude, welches drohend vor ihnen aufragte. Als Christina die Gitter vor den Fenstern sah, begann sie zu schreien.

Als sie erwachte, musste sie sich übergeben. Ihr Kopf schmerzte bei jeder Bewegung und Christina schloss ihre Augen, bis die Übelkeit nachließ. Undeutlich erinnerte sie sich an die Polizisten, die sie festhielten, den Doktor, der ihr eine Spritze gab. Es war ihr nicht gelungen, sich loszumachen. Dann wurde es dunkel und irgendwie hatte man sie in dieses Zimmer geschafft. Gleich würde jemand hereinkommen und sie könnte alles erklären. Der Mathis würde sie gewiss abholen und alles würde gut werden. Vorsichtig öffnete sie die Augen einen kleinen Spalt, um sich im Zimmer umzusehen. Es war winzig klein, neben ihrem Bett gab es nur einen schmalen Weg zur Tür, die jedoch keine Klinke besaß. Das Fenster war gegenüber der Tür, die Gitter davor zeigten Christina, dass sie in einem Irrenhaus sein musste. Sonst gab es nichts in der kleinen Zelle zu sehen. Christina setzte sich vorsichtig auf. Die Kleidung, die sie trug, war nicht ihre eigene. Sie trug ein braunes Kleid und neben ihrem Bett standen Holzschuhe in einer Lache Erbrochenem.

»Eingesperrt, ich bin eingesperrt!«, war alles, was sie denken konnte.

Mit beiden Fäusten hämmerte Christina an die klinkenlose Tür und schrie all ihre Not heraus. Tränen strömten über ihre Wangen und wollten nicht aufhören zu fließen. Als ihre Tür sich öffnete, war Christina längst heiser.

Eine kräftige Frau füllte den gesamten Türrahmen aus und blickte unwirsch auf die Holzschuhe mit dem Erbrochenen. Sie schloss die Tür wieder und kurz darauf kehrte sie mit einem Eimer zurück.

»Hier, Hämmerli! Schuhe waschen, anziehen, mit kommen!«

Mit starker Hand umfasste die Frau Christinas Handgelenk und zog sie bis vor eine weiße Holztür. Christina wurde durch die geöffnete Tür zu einem Stuhl geschoben, auf den die Frau sie niederdrückte und hinter Christina stehen blieb. Vor ihnen stand ein mächtiger Schreibtisch und dahinter saß ein dicker, alter Mann und sah sie gelangweilt an.

»Fräulein Hämmerli, Sie werden hier im Gefängnis bleiben, bis wir Ihr Problem mit der Schwangerschaft gelöst haben«, leierte der Dicke monoton, als müsse er es hundert Mal am Tag sagen. »Bis es so weit ist, bleiben Sie hier. Wenn Sie anständig sind, können Sie in den Arbeitsdienst.«

»Aber warum ins Gascho und welches Problem? Der Reuben Mathis hat mir die Ehe versprochen, ich habe kein Problem«, bemühte Christina sich, die Situation zu erklären, doch der dicke Mann hörte ihr gar nicht zu, sondern sprach einfach weiter: »Sie werden Ihr Kind zur Adoption geben. Und wir sind hier keine Klinik, die sind überfüllt, also passen Sie sich besser an, sonst gehen Sie hier zugrunde. Frau Magura, bringen Sie sie in die Zelle.«

Wieder packte die kräftige Frau ihr Handgelenk und Christina wurde erneut in ihre Zelle gesperrt.

Langsam fuhr der gelbe Wagen die verschneite Einfahrt zur Klinik hinauf. Dieses Mal hatten die Fahrer keine Mühe, Christina hineinzubringen. Sie wehrte sich nicht mehr. Die Einzelhaft hatte Christina gefügig gemacht, Valium und Elektroschocks nach der Entbindung führten sie in einen Reigen zwischen Müdigkeit, Schmerz und Verzweiflung. Madelin stand an der Eingangstür, aber Christina nahm sie nicht wahr. Sie hatte vergessen, dass sie Madelin kannte, in diesem anderen Leben. Vergessen, dass sie erst 22 Jahre alt war. Ihre Zukunftspläne waren mit ihrem Lebenswillen beerdigt worden und auch die Familie hatte sich von ihr abgewandt. Ihren kleinen Buben hatte die

Schwester gleich nach der Geburt mitgenommen. Zur Adoption, hatte sie gesagt. Christina wusste nicht, wer seine Eltern sein würden. Sie hatte ihn nicht einmal in den Armen halten dürfen. Sie war ganz allein auf der Welt. Man brachte sie auf die F3, zu den »ruhigen Patienten«, in den großen Schlafsaal. Eines der rund 15 Betten war nun ihres, morgen würde die Arbeitstherapie beginnen, und wenn sie sich ruhig verhielt, würde sie in ein bis zwei Jahren entlassen werden. Der Doktor hatte ihr erklärt, dass diese Maßnahmen wichtig waren, da ihre fehlenden übergeordneten und beharrlichen Ziele sowie ihre fehlende Selbststeuerungsfähigkeit behandelt werden müssen. Mannstollheit wurde in der Schweiz nun mal nicht geduldet. Und er hatte studiert, er war der Gott in Weiß.

Zur Geschichte

Die Personen und ihre Geschichte sind frei erfunden, basieren jedoch auf Tatsachen. In der Schweiz wurden bis ins Jahr 1975 Nichtsesshafte zwangssterilisiert, beziehungsweise kastriert und ihre Kinder zur Adoption freigegeben oder in die Obhut der Pro Juventute gegeben. Meist wuchsen diese Kinder in Heimen auf, aber auch in Kliniken sowie Gefängnissen.

Doch nicht nur das fahrende Volk wurde verfolgt: Unehelich gezeugte Kinder wurden ebenfalls zur Zwangsadoption freigegeben, die Frauen wurden in Gefängnissen und psychiatrischen Kliniken untergebracht.

Die medizinische Behandlung in den Kliniken war gekennzeichnet von Zwangsmaßnahmen, starken Beruhigungsmitteln, wie beispielsweise Valium oder Morphium und Festbinden an das Bett etc. Die Behandlung psychisch erkrankter Personen war noch weit weg von den heutigen Maßnahmen. Auch das Verhältnis zwischen Arzt und Patient war ein anderes, den mündigen Patienten suchte man in dieser Zeit noch vergebens.

Sehr viele aussagekräftige Informationen gibt der Historiker Thomas Huonker in seinen diversen Büchern.

Bi(e)nen sei Dank

Für Josef

Oben auf dem Berg steht Willis Stand. Wenn Sie jetzt eine Landschaft im Kopf haben, müssen Sie das Bild noch einmal löschen. Denken Sie mal an eine kleine, altdeutsche Stadt, welche auf einem Berg erbaut wurde. Kopfsteinpflaster, schmale Gassen, alte Häuser mit geschwungenen Dächern und schmiedeeisernen Straßenlaternen. Die einzige Straße, die in dieser Geschichte wichtig ist, durchzieht das Städtchen breit und nahezu pfeilgerade. Steil bergauf führt sie und dann weniger steil wieder hinunter. Und im Herbst, wenn es noch dunkel ist, sieht man im Licht der Straßenlaternen, wie die Nachtfeuchtigkeit einen feinen Glanz auf das Kopfsteinpflaster legt.

Es ist die Zeit vor Weihnachten, der erste Advent. Beidseitig sind liebevoll dekorierte Stände aufgebaut und an der Straße stehen Tannenbäume, die der Dunkelheit das Versprechen geben, alles wird gut. Viele kleine Lichter werfen helle Tropfen auf den glänzenden Asphalt, und wenn Sie unten am Berg stehen, führt die Straße fast in den Himmel. Auf dem Berg, dem Himmel am nächsten, stehen sich zwei Stände schräg gegenüber. Der eine ist ein roter Marktstand. Die Farben Rot, Grün und Gold beherrschen ihn.

Traditionelle Farben, die für Ewigkeit, Blut Jesu und das Gold der Heiligen drei Könige stehen. Adventskränze, Socken, Mützen, Taschen und kleine Geschenke laden die Weihnachtsmarktbesucher ein, eine Atempause einzulegen nach dem steilen Anstieg. Drei Frauen stehen lachend und scherzend inmitten der vielen Sachen. Die Jüngste, Anfang zwanzig, hat langes, braunes Haar, deren Locken sich immer wieder aus der bunten Mütze stehlen. Sie ist größer als die anderen und der eine oder andere männliche Weihnachtsmarktbesucher schaut ihr tiefer in die großen Augen als ihrer Mutter lieb ist.

Und ich *bin* die Mutter.

Meine Sabine übrigens, mein Binlein. Es gibt aber noch eine Sabine am Stand. Meine allerbeste Freundin. Warm eingepackt sind wir drei, denn es wird ein langer, kalter Tag.

Schräg gegenüber von uns steht Willis kleiner, umgebauter Wohnwagen. Unser Willi, auf den wir uns schon das ganze Jahr über freuten. Immer wieder ziehen unsere Blicke zu seinem Stand, in welchem er seine Bienenprodukte verkauft. Willi ist Imker.

Wir wissen, dass er Josef heißt, aber von Beginn an war er für uns Willi. Und an meiner Seite sind zwei Sabine, beide werden Binlein von ihren Müttern gerufen. Da kann er nicht einfach nur »Josef« heißen. Er muss also Willi heißen. Sein Alter ist schwer zu schätzen, vielleicht Ende 50. Ob er noch Haare hat, wissen wir nicht, denn seine Fellmütze bleibt immer auf dem Kopf, genau wie sein rot karierter Schal und die dunkelgrüne Jacke feste Bestandteile von Willi sind.

Willi stammt ursprünglich Ostpreußen, ein Rest davon ist in seiner Sprache zu hören. Seine warme Stimme, der man endlos zuhören kann und sein ansteckendes Lachen machen, dass ich gerne einfach den ganzen Tag bei ihm stehen bleiben und zuhören würde. Willi hat einen Drehstuhl in seinem Stand, auf welchem er Hof hält. Er ist der König des Weihnachtsmarktes. Und ich übertreibe nicht, das können Sie mir glauben.

Früh morgens, wenn sein heißer Met in langen Duftschwaden der Straße entlang den Berg hinunter zieht, stehen Menschen bei ihm. Die ersten sind wir. Wenn Willi sieht, dass wir schon einiges aufgebaut haben, so etwa nach einer Stunde, winkt er uns zu einer kleinen Pause zu sich herüber.

»Kommt, Mädels, wärmt euch auf!«, ruft er uns zu sich.

Und weil wir gut erzogen sind und immer tun, was man uns sagt, gehen wir Freude strahlend hinüber, glücklich, dass er da ist und uns einlädt. Drei dampfende Becher stehen auf dem schmalen Tresen und ich weiß, dass ich nach dem Met betrunken bin. Wie immer trinken wir auf Willi. Willi nickt in die Runde.

»Heute Morgen«, eröffnet Willi bedeutungsvoll den Weihnachtsmarkt - denn genau jetzt fängt er für uns an, »Heute Morgen hat mich meine Frau

Helga hier hergefahren. Ihr kennt sie ja. Und wie wir so an der Ampel stehen, gucke ich in das Auto neben mir. Ein junges Mädel sitzt am Steuer. Hübsch, denke ich so. Und? Was macht sie?« Ein breites Lächeln lässt sein Gesicht strahlen und er blickt fragend in die Runde.

»Nun, sie bohrt in der Nase. Muss man ja manchmal. Mache ich ja auch. Und dann hat sie einen. Am Zeigefinger, wisst ihr, so einen großen. Und dann?«

Willi macht eine Pause und lacht. Freudig hält er seinen Zeigefinger vor unsere Gesichter. Wir lachen mit, obwohl uns Böses schwant, ich sehe es den anderen beiden an.

»Ja, was machst sie? Isst ihn auf! Schlupp, weg!«

Willis Augen füllen sich mit Tränen vor Lachen, während ich versuche, das Würgen mit einem Schluck Met hinunter zu spülen. Auch meine Freundin hustet und würgt, mein Binlein verzieht angeekelt den Mund. Eine Kundin kommt und dankbar winken wir ihm zu »Bis später!« Und versuchen, den Brechreiz *und* unser Lachen unter Kontrolle zu bringen. Kichernd packen wir die letzten Kartons aus, während sich der Markt mit Besuchern füllt.

»Morgens, halb zehn und wir sind schon betrunken!«, lacht meine Freundin und mein Binlein winkt ab: »Da geht noch was!«

»Wird nicht der Letzte sein, heute!«, versichere ich den Mädels, wohl wissend, dass wir alle keinen Met mögen.

Die nächsten Stunden sind wir beschäftigt mit auspacken und verkaufen. Die Besucher bei Willi reißen nicht ab, mit kleinen Gratisportionen Met lockt er sie an und oft genug bleiben sie sehr lang bei ihm. Binlein und ich stehen nebeneinander, als es passiert. Ein Kinderwagen rollt träge Richtung Abhang.

»Wer schiebt?«, frage ich meine Tochter.

Sie stellt sich auf die Zehenspitzen um über den Tisch zu gucken.

»Niemand!«, kreischt sie und schlängelt sich an einer Kundin vorbei.

Erschrocken sehe ich ihr zu, wie sie den Kinderwagen festhält und nach dem Baby darin sieht. Ich muss jetzt nicht erwähnen, wo die Mutter steht. Sabine stellt den Kinderwagen neben die junge Frau, stellt die Bremse fest, winkt Willi zu und kommt zurück. Die Mutter des flüchtigen Babys hat von alledem nichts mitbekommen. Sie hängt an Willis Lippen, fällt in sein herzliches Lachen ein und dreht sich dann kurz um, um nach dem Baby zu sehen. Ich kann sie verstehen, denke ich und kaum haben wir meiner Freundin das Geschehene berichtet, winkt Willi mein Binlein zu sich.

»Pinkelpause!«, vermutet meine Freundin und wir sehen zu, wie Willi meiner Tochter seinen Stuhl anbietet und in Richtung Toilette verschwindet. Eine Stunde später ist meine Tochter immer noch drüben. Sie sitzt auf einem Hocker, den Willi neben seinen Drehstuhl gestellt hat. Ein Becher Met steht dampfend vor ihr. Konzentriert blickt mein Binlein auf ein Blatt Papier, Willi beobachtet sie erwartungsvoll lächelnd. Die nächste Stunde müssen wir wohl zu zweit auskommen. Und sollte mein Binlein jemals zurück kommen, wird sie uns erzählen, was er ihr für eine Aufgabe gegeben hat. Wir sind gespannt.

Der Besucherstrom reißt ab, es ist die Zeit zwischen Mittagessen und Mittagsschlaf. Wir sind hungrig, aber immer noch zu zweit. Sabine macht sich auf den Weg in eine kleine Pause. Jede eine halbe Stunde, wie immer. Als meine halbe Stunde anbricht, beschließe ich, meine Grillwurst neben dem Stand von Willi zu essen. Vielleicht erzählt er jemandem noch einen Witz, denn das kann er gut. Mein Binlein steht wieder an unserem Stand und Willy bietet mir erneut einen Met an, als er mich sieht.

»Da bin ich ja den ganzen Tag betrunken!«, versuche ich scherzhaft, mich zu wehren.

Doch gegen diesen Imker kommt man nicht an.

»Weißt du«, beginnt er zu erzählen, »Neulich war ich auch betrunken. Da habe ich den Geburtstag von meinem Schwager gefeiert. Ich habe eine Flasche Wodka getrunken! Und dann, in der Nacht, musste ich mal pinkeln.«

Er fixiert mich mit lachenden Augen.

»Dann bin ich also aufgestanden. Aber, weil ich noch betrunken war, bin ich direkt umgefallen. Und weil der Knall vielleicht nicht laut genug gewesen wäre, bin ich gegen den Heizkörper gefallen.«

»Aua!«, bekunde ich ihm mein Mitleid und frage: »Und? Ist dir was passiert?«

»Nein. Aber ich hatte doppelt Kopfweh am nächsten Tag!«

Willi lacht.

»Und wie ging es deinem Schwager so?«, hake ich nach.

»Ja, das ist ja das Problem. Der ist vor ein paar Jahren gestorben, darum trinke ich die Flasche ja allein leer!«

Willis schlägt freudig strahlend auf den Tresen. Vor Lachen bleibt mir fast der Bissen Grillwurst im Hals stecken, ich winke ihm zu und rette mich lachend und hustend auf die andere Straßenseite.

Natürlich *mit* dem Becher Met.

Es ist früher Nachmittag. Zwei von uns Dreien sind fast betrunken. Und Willi winkt. Folgsam setzt meine Freundin sich in Gang.

»Ach, wie schön, dass der liebe Gott die Bienen gemacht hat!«, denke ich und freue mich, dass der Weihnachtsmarkt noch einen ganzen und einen halben Tag dauert.

Helden

Es ist schon dunkel, als ich die Haustüre öffne. Der Flur ist erfüllt von Staub, die Wandleuchten werfen ein ungewohnt trübes Licht in den Flur. Ich sinke gedanklich auf die Knie und bete, dass hier nur eine wilde Party gefeiert wurde, während ich weg war und leider jemand seine Nebelmaschine bei uns vergessen hat. Das kann kein Baustaub sein, ich habe acht Staubschutztüren gebaut und wie Schleusen an den Türrahmen angebracht. Eine tolle Idee von meiner Cousine, wer will schon Baustaub im Haus. Ich also nicht. Ich betrachte die erste Staubschutztür.

»Danke, Angie, toller Tipp!«, bedanke ich mich telepathisch und betrachte die dicke Staubschicht, welche den gesamten Flur bedeckt.

Auf der Stelle beschließe ich, beim nächsten Umbau besser ein Bier bei den Männern mitzutrinken und mir solche Quälereien wie das Bauen von Staubschutztüren zu ersparen. Meine Schritte knirschen über den neuen Bodenbelag und ich frage mich, warum mir eigentlich keiner dazu geraten hatte, diesen abzudecken. Mark ist noch im Badezimmer und ich zwitschere ein »Hallo!« durch die dicke Luft, um ihn nicht zu erschrecken.

»Hi!«, grüßt er zurück.

Freudestrahlend werfe ich mich in den Türrahmen und direkt in den Arm unseres Nachbarn Bebe, welcher vor der Dusche steht und Mark bei der Arbeit zusieht.

»Herzlich willkommen, dein Mann holt grad Bier!«, begrüßt er mich und drückt mich.

»Ui, sieht gut aus! Mark, ich bin begeistert!«, lobe ich unseren Sanitärmenschen und freue mich, als auch er strahlt.

»Ja!«, sagt Bebe, »Der Mark sieht gut aus und guck mal, der hat kein Gramm Fett am Körper!«

»Ja, liegt vielleicht daran, dass er ohne Bier in der Dusche steht. Der erste Mann in meiner Dusche, ich frag ihn gleich mal, ob er noch was vor hat heute Abend!«, zwinkere ich Bebe zu.

Mark verzieht keine Mine.

»Hoppla...!«, denke ich, »zu unanständig, findet er nicht lustig...«

Aber Bebe lacht. Immerhin.Zwei Flaschen Bier schweben plötzlich zwischen Bebe und mir.

»Hi!«, begrüße ich meinen staubigen Mann Fredi.

Bebe nimmt ihm die Flaschen ab und hält eine davon vor meine Nase. Ich lehne ab, denn *ich* muss ja noch arbeiten.

»Jungs, ich fang mal an!«, verkünde ich und hole den Industriesauger.

Eine Stunde später sind alle voll. Der Staubsauger mit Staub, mein Mann und Bebe mit Bier.

»Gegönnt!«, denke ich und hole den Wischmopp.

»Ich kann`s gar nicht sehen, wenn deine Frau so viel arbeiten muss!«, sagt Bebe extra laut,

»Fredi, mach mal die Tür zu!!«

Ich lache etwas entnervt und strecke den beiden im Vorbeigehen die Zunge raus. Erschöpft begebe ich mich eine Stunde später auf den Weg in mein Exil. Ich bin froh, in das Ferienhaus gezogen zu sein. Die Männer habe ich gerne zurück gelassen, ich freue mich auf den restlichen Abend allein. Zufrieden steige ich in mein Auto und fahre den Berg hinab in meine Ruhe.

Pünktlich um acht Uhr am nächsten Morgen öffne ich die Tür zu unserem Haus wieder. Keuchend halte ich mich am Türrahmen fest, als ich im gesamten Flur eine dicke Schicht aus weißem Staub entdecke. Ein ehemals grüner Zettel liegt inmitten eines Haufen, daneben steht der Staubsauger.

»Habe ihn geleert, hat NICHT geklappt!« lese ich.

»Toll, Fredi, super Idee mit 0,75 Promille!«, fluche ich leise vor mich hin und bin erstaunt, dass ich Selbstgespräche führe.

Muss ich ändern, so was ist skurril!

Fassungslos öffne ich die Haustüre, als der Elektriker klingelt.

»Chris, hallo, komm rein!«, begrüße ich zu unfreundlich den Elektriker.

»Tut mir leid, gestern war es noch sauber!«, entschuldige ich mich sofort.

»Da war meine gute Laune heute Morgen direkt kaputt.«

Chris betrachtet den Haufen aus Staub und kleinen Brocken und lacht.

»Ja, ist mir auch schon passiert. Aber das war nach dem vierten Bier und ich wollte die Heidi überraschen. War sie auch!«, erzählt er mir.

Ich krächze ein »Ach, ja?« und versuche ein Grinsen, merke aber sofort, dass es nicht ganz echt wirkt.

Christian stellt einen großen Koffer neben den Staubhaufen und packt die neuen Lichtschalter aus. Bei jeder seiner Bewegungen sehe ich kleine weiße Staubwolken, die den Haufen umschwirren wie Mücken das Wasser und sich dann, ein Stück entfernt, niederlassen.

»So. Die hattest du bestellt, so sehen die jetzt aus«, beginnt er seine Arbeit und hält eine weiße Steckdose neben die alte braune an die Wand.

»Au ja, sehr schön! Hast du gut gemacht!«, lobe ich ihn und frage mich, warum ich jemand lobe für etwas, das er auch nur gekauft hat.

Muss ich lassen, beschließe ich und frage ihn: »Kann ich dir irgend etwas helfen? Oder möchtest du einen Kaffee?«

»Helfen, nein, Kaffee trinken wir gerne danach.«

Flugs setzt er den Schraubenzieher an die Steckdose. Erschrocken rufe ich: «Stopp! Der Strom ist noch an!«, als es schon *kawumm* macht und Chris zuckt zurück.

»Ist aus! Hab ich alleine gekonnt!«, zwinkert er mir zu.

Trotz des Schreckens muss ich lachen.

»Du bist so ein Kamikaze-Elektriker. Was sag ich denn Fredi, wenn er heimkommt und in unserem Flur liegt eine Leiche?«

»Hoppla?«, kontert Chris lachend und hält einen Moment inne, um sich die Tränen aus den Augen zu reiben.

Ich küre ihn zum Lieblings- Handwerker und begleite ihn von Steckdose zu Steckdose, bis seine Arbeit beendet ist. Er ist einer der wenigen, die arbeiten *und* reden können, und das auch wollen. Den Kaffee genieße ich, Christian ist unterhaltsam und es tut gut, nach der Stille im Ferienhaus ein schönes Gespräch zu führen. Leider ist der Kaffee bald leer und seufzend beginne ich, den Staub wieder aufzusaugen und die Böden erneut zu wischen.

Bevor ich das Haus verlasse, leere ich in weiser Voraussicht den Industriesauger persönlich. Für Überraschungen bin ich nicht gemacht. Höchstens, wenn man sie essen oder anziehen kann.

Spät am Nachmittag ist auch das Ferienhaus geputzt und ich stehe mit meinem Gepäck wieder vor der Haustür. Dieses Mal ist die Luft nicht mehr ganz so staubig, der Boden jedoch immer noch mattgrau statt hochglanzweiß.Den restlichen Tag putze ich, wohl wissend, dass es damit nicht getan ist.

Als es am nächsten Morgen um neun Uhr an der Tür klingelt, seufze ich erleichtert. Es scheint funktioniert zu haben, der bestellte Handwerker ist da. Wenn ich für diesen Beruf eine Tiersorte auswählen müsste, würde ich sofort Hase sagen. Nicht weil die so süß und fluffig sind. Auch nicht, wegen ihrer sagenumwobenen Fruchtbarkeit.

Nein.

Nennen wir es mal ein Überbleibsel aus meiner Kindheit. Meine Mama sagte schon immer, es sei ganz einfach, einen Hasen zu fangen. Man müsse ihm nur Salz auf die Blume streuen, sagt meine Mama. Dann kann man die Hasen einfach greifen. Den letzten Schreiner habe ich angefleht, bedroht, dann gestalkt und direkt von der Baustelle abgeholt. Da hätte ich einfacher mit dem Salzstreuer in der Hand einen Hasen verfolgt! Denn Hasen hab ich bestimmt schneller auf dem Teller als einen Schreiner im Haus. Der Schreiner damals hatte sich verabschiedet mit den Worten: »Hab nicht das richtige Werkzeug dabei, ich komme morgen um acht und mach das.«

Was soll ich sagen?

Er war nie wieder da…

Aber der mit einem einzigen Anruf bestellte Schreiner Held steht tatsächlich vor der Tür. Ich setze mein schönstes Lächeln auf und öffne behutsam die Tür. Nur nicht erschrecken, den seltenen Mann. Er erschrickt nicht, dafür ich umso mehr. Vor mir steht ein dem Alkohol nicht abgeneigter Mann mit ordentlichem Bierbauch und dem typischen rotfleckigen Gesicht dazu. Die besten Jahre hat er schon lange hinter sich und ich beglückwünsche mich zur Wahl eines Schreiners mit dem Namen Held. Nomen est Omen. Aber darauf gibt es keine Garantie. Jetzt bleibt mir nichts anderes mehr übrig, als ihn hereinzubitten. Schweren Schrittes stapft er hinter mir her und ich höre seinen schweren Atem. Ich wollte schon immer mal wissen, wie sich eine Damplok anhört. Auch erledigt, weiß ich jetzt. Ich zeige ihm die verpackte Glastür und beschließe, ihn auf gar keinen Fall aus den Augen zu lassen. Ächzend kniet er sich auf das Parkett und ich stelle die übliche Frage:

»Kann ich was helfen?«

»Nein, nein, ich mach das immer alleine. Und meistens klappt's.«

Das ist jetzt nicht unbedingt das, was ich hören will.

»Gut. Dann…setze ich mich hier dekorativ daneben!«, zwitschere ich fröhlich und bin wild entschlossen, seine Arbeit scharf zu bewachen.

Der Schreiner Held packt mit einigen geübten Handgriffen die Glastür aus und stellt sie auf das Parkett. Ich zucke innerlich zusammen, denn er geht nicht gerade vorsichtig mit dem Holzboden um. Während er die Zarge auf dem Boden zusammenklebt, natürlich ohne etwas unter zu legen, erzählt er, dass er aus Bräunlingen kommt. Da kann ich mitreden. Mein Ex ist auch aus Bräunlingen und kurz darauf stelle ich fest, dass wir mitten in einem angeregten Gespräch sind. Die Themen wechseln rasant und so langsam wird er mir sympathisch. Ich übersehe wohlwollend die Holzleim-Flecken auf dem Parkettboden und biete ihm schließlich eine Tasse Kaffee an. Er bietet mir daraufhin das du an und fragt, ob ich rauche. Mit einer Tasse Kaffee stehen wir kurz darauf auf der Terrasse und rauchen. Walther, so heißt er, nimmt sich direkt noch eine Zigarette. Von mir. Denn, es dauert ja eine geraume Zeit, bis der

Leim gezogen hat. Wir reden über die ganze Welt in zehn Minuten und ziehen eine unangenehme Rauchfahne hinter uns her, als wir zurück ins Wohnzimmer gehen. Ich helfe ihm, die Zarge zu setzen und er ist begeistert, weil ich weiß, wie es geht. Ich habe keine Ahnung, wie es geht, aber das muss er ja nicht wissen. Als die Zwischenräume mit Montageschaum gefüllt sind, packt er sein Werkzeug ein. Er nennt mich noch eine lustige kleine Maus und verabschiedet sich bis zum nächsten Tag.

Als er wirklich am folgenden Morgen Punkt neun Uhr vor der Tür steht, bin ich fast enttäuscht. Jetzt muss ich tatsächlich mein gesamtes Schreiner-Vorurteil korrigieren. Aber ich freue mich wirklich, dass er da ist. Hand in Hand arbeiten wir redend und lachend weiter, und als er fertig ist, tut es mir fast ein bisschen leid. Ich bringe ihn noch zur Tür und bedanke mich für seine zuverlässige Arbeit.

»Im neuen Jahr«, sagt Walther, »bin ich in der Achdorfer-Straße auf der Baustelle. Dann komm ich mal vorbei. Aber glaub ja nicht, ich komme zu dir. Ich gucke dann nur, ob man die Tür noch mal nachstellen muss! Schöne Weihnachten!«

Er winkt und ich sehe ihm nach, wie er wegfährt. Jetzt ist die Baustelle beendet. Morgen klingeln weder Mark, noch Chris, noch Walther. Nur der Staub wird zuverlässig da sein. Fast wehmütig und mit einem Gefühl der Einsamkeit schließe ich die Haustür und mache mir einen Kaffee. Und beschließe, demnächst das Wohnzimmer zu renovieren.

Krokodilfarm

Sorgfältig breitete er die rot karierte Tischdecke über dem alten Küchentisch aus und strich sie glatt. Jetzt war die zerschrammte Resopalplatte verschwunden, nur die silbernen Tischbeine zeigten ihre Blöße. Doch sie störten Theo nicht, frisch poliert sahen sie immer noch aus wie neu. Mit einer geschmeidigen Drehung holte er die kleine Glasvase mit Petersilie von der Anrichte seiner Großmutter und stellte sie genau in die Mitte des Küchentisches. Die Petersilie wurde schon gelb an den Blatträndern. Also würde er wohl frische holen müssen. Aus der Küchenschublade nahm Theo seine Kräuterschere und legte sie auf die Anrichte. Das würde er morgen zeitig erledigen. Hinter seinem Wohnhaus gab es das kleine Kräuterbeet, da wucherte die Petersilie wie Unkraut. Er durfte es nur nicht vergessen, die Camper hatten schon oft genug seine Beete zertreten. Aber morgens waren die Kräuter immer wieder frisch aufgestanden.

»An Petersilie«, Theo näselte den Spruch seiner Mutter, »erkennt man die gute Köchin!«

Aber er war kein »guter« Koch, er war mehr!

Seine Fleischgerichte waren sensationell! Wäre seine Mutter noch am Leben, heute hätte sie ihn bewundert. Vielleicht hätte sie ihn sogar gelobt für seine Kochkünste. Ihn angelächelt. Die Rippchen waren so zart gewesen, so einzigartig gewürzt. Verträumt leckte er sich die Lippen, um noch einen Hauch des zarten Fleischgeschmacks einzufangen. Theo warf einen Blick aus dem alten Holzfenster, dessen Flügel weit geöffnet waren. Die Sonne war schon an der großen Eiche angekommen und kündigte den frühen Abend an. Ein sanfter Wind brachte die Äste zum Wiegen, einige gelbe Blätter tanzen unten am Stamm der Eiche einen wilden Tanz. Die ersten Vorboten des Herbstes. Theos Blick schweifte über seinen Campingplatz. Rechts neben der einsamen Eiche konnte er zwei große Wohnwagen sehen, davor saßen die Familien und ließen sich ihr Essen schmecken. Munteres Geplauder und das Klappern des Bestecks auf Porzellan war zu hören.

Auf der anderen Seite befanden sich die sanitären Anlagen, hier war immer Betrieb. Die dicke Frau Maier kam gerade mit ihrem rosa Bademantel heraus, sie war wohl duschen, in der Hand trug sie einen riesigen Kosmetikkoffer. Sekunden später folgte ihr Mann, er hatte den großen Spüleimer mit Geschirr in der Hand, über der Schulter ein Geschirrtuch. Klappernd lief er hinter seiner Frau her, die mit hochrotem Kopf den Sandweg entlang schnaufte und dabei unaufhörlich redete.

Freundlich grüßend stellte sich Herr Martin in die Wiese, um die dicke Frau vorbei zu lassen. Seine Familie mietete schon seit Jahren den Luxusplatz direkt am See.

Auch ein seltsames Paar. Er so freundlich und gemütlich, seine Frau hingegen hatte nie ein gutes Wort. Und eine Stimme wie eine Sirene. Theo schüttelte den Kopf. Dann lieber allein sein. Und er war ja nicht wirklich allein. Tag und Nacht war er umgeben von seinen Campern, er konnte sich aussuchen, ob und wann und mit wem er sprechen wollte. Das war ihm wertvoll und nichts anderes hätte er gewollt. Er gab sich einen Ruck. Es wurde Zeit, seine Pflichten zu erledigen. Lebenszeit ist Arbeitszeit. Auch ein Zitat seiner Mutter. Theo stellte die Schüsseln mit den Fleischresten in den Kühlschrank und ging zur Haustür. Er würde wohl zuerst das Wohnmobil in die Scheune bringen. Schade, er hätte es gerne behalten, es hatte genau die richtige Größe für einen Alleinreisenden. Gemütlich und überschaubar. Und sehr gepflegt. Aber was wollte er mit einem Wohnmobil. Er hatte einen eigenen Campingplatz, sollte er dann etwa eine Runde um die Krokodilbecken fahren und dann wieder parken? Musste er dann einen Platz von sich selbst mieten?

»Theo, Theo«, lachte er über sich selbst, »jetzt wirst du seltsam!«

Er hielt inne und machte sich gedanklich einen genauen Arbeitsplan. Zuerst also das Wohnmobil. Das war wichtig, denn es blockierte den einzigen kleinen Stellplatz hinter seinem Haus, den er zu vermieten hatte. Nummer 71, direkt zwischen seinem Haus und der riesigen Scheune. Diesen verträumten Platz vermietete Theo nur an Alleinreisende. Nur sehr gepflegte Singles durften sich hier nieder lassen, auf dem verwunschenen Platz zwischen den Koniferenhecken und dem Apfelbäumchen. Menschen, die die Pflanzen achten würden und nicht ihre Zigaretten in die Preiselbeeren an der Seite werfen würden. Er wählte stets sorgfältig.

Der letzte Mieter, Louis, war ein sympathisches Kerlchen gewesen. Sehr gesprächig und sportlich trotz künstlichem Kniegelenk. Zwei Wochen lang hatte Theo beobachtet, wie Louis jeden Morgen joggen ging, noch bevor Theo seine erste Tasse Kaffee eingeschenkt hatte. Er hatte Louis auf ein Fläschchen Wein eingeladen und sie hatten sich bis in die frühen Morgenstunden angeregt unterhalten. Was hatte Louis noch gleich erzählt? Ach ja, er war beim Bergsteigen von einem Felsblock getroffen worden, das Knie war zerschmettert und konnte dank des künstlichen Kniegelenks gerettet werden. Und er hatte keine Familie, keine Freunde in der Nähe, die ihm hätten helfen können. Genau, so war das, erinnerte sich Theo. Sollte Theo sich etwas brechen, wäre auch er allein, niemand würde seine Arbeit übernehmen.

Louis und er waren Seelenverwandte, überlegte Theo. Fast schon Blutsbrüder. Irgendwie schon, auch wenn sie sich nicht wie kleine Kinder in den Finger geritzt hatten. Schade, dachte Theo, irgendwie schade. Solche Bekanntschaften gab es selten, obwohl so viele Menschen jedes Jahr auf seinem Platz campten. Ein, zwei Mal im Jahr vielleicht. Theo genoss diese Abende, sie waren der Ausgleich für verstopfte Toiletten und maulende Urlauber.

»Konzentrier dich, mein dicker!«, befahl Theo sich selbst, »du wolltest deine Arbeit planen!«

Also: Zuerst das Wohnmobil weg stellen. Dann die Durchsage machen und die Camper zur Krokodil Fütterung einladen. Es kamen immer viele. Sie standen hinter der Absperrung, staunend und angeekelt, wenn die riesigen Leiber im Kampf um ein Stück Fleisch das Wasser aufpeitschten. Manche wollten ihm helfen, vor allem Familienväter, aber das ließ Theo nicht zu. Das machte er lieber allein. Das Fleisch zerteilte er im Schuppen, in der gefliesten Kammer. Die besten Stücke nahm er jedoch zur Seite, er musste schließlich auch essen. Dann verteilte Theo das Futterfleisch in zwei große Plastikeimer mit Deckel, mit Knochen und allem. Die Eimer waren gut. Sie waren leicht zu reinigen. Genau wie der gefliese Raum. Jeden Tag spülte er das Blut von Tisch und Wänden, hier war er sehr penibel. Und er passte auf, wenn er die Krokodile fütterte. Die Besucher standen ihm immer gegenüber. Niemand durfte helfen. Oder neben ihm stehen. Und niemals durfte jemand in die blutigen Eimer sehen. Mann stelle sich nur vor, was alles passieren könnte!

»Da muss man Fuchs und Hase sein!«, hatte seine Mutter immer gesagt.

Und sie hatte recht.

So ein künstliches Kniegelenk würde im Eimer doch auffallen...

Auserwählt

Er steht hinter mir. Ich weiß es. Beobachtet jede meiner Bewegungen. Lauert.

Unfähig, etwas zu tun, stehe ich in meiner kleinen Kammer vor dem Fenster. Regen prasselt an die alte Fensterscheibe, ein kleines Rinnsal bildet sich auf dem hölzernen Fenstersims. Tropft auf den alten Teppich. Platsch. Platsch. Heute wird es schlimm werden. Schlimmer als sonst.

Ich schließe die Augen und sperre die Welt um mich herum aus. Es will nicht funktionieren, mit Gewalt drängen sich meine Gedanken so schnell durch meinen Kopf, dass es sich anfühlt, als wäre gerade Feierabendverkehr in Stuttgart.

Stuttgart...

Hier sah ich ihn das erste Mal. In der Gartenwirtschaft saß er, allein. Er sah so nett aus, wie er mich mit seinen großen Augen ansah. Jetzt weiß ich, in diesem Moment hatte er mich auserwählt. Seine Augen suchten meine und ließen sie nicht mehr los. Ich konnte seinen Blick auf mir spüren, als die Bedienung kam und als ich später ging, folgte er mir. Es war, als gehörten wir zusammen, als wäre es schon immer so gewesen. Er hatte mein Herz mit seiner Aufmerksamkeit im Sturm erobert. Es flog zu ihm wie Schmetterlinge im lauen Sommerwind. Er hat mich geliebt. Sofort, ich sah es in seinen Augen. Und ich wollte ihn. Allen Warnungen zum Trotz. Aber so ist das wohl.

Es gäbe keine Ehen, keine Familien, keine Reisen oder Haustiere, wenn Menschen vorher wüssten, was sie später wissen. Meine Freundin Katja hatte mich angefleht, es mir zu überlegen.

»Er ist nicht so, wie er aussieht«, hatte sie gesagt, »Bitte, Moni, denk doch nach! Das ist ein wilder Kerl, vielleicht ein Herumtreiber. Er wird tagelang unterwegs sein! Du wirst ihn suchen, willst du dir das antun? Und wer weiß, wie du ihn vorfindest!

Verdreckt und stinkend, willst du das? Ist es das, was du willst? Lass dich nicht einlullen von seinen Augen, ich kenne solche Typen! Erst sind sie unglaublich toll und so süß, aber dann...

Er wird dein Leben zur Hölle machen, bei nichts wird er dir helfen, er lebt nur, um sich von dir bedienen zu lassen. Auf der Couch wird er liegen, während du kochst. Und da liegt er auch, wenn du die Böden wischen musst. Und wenn du krank bist und Hilfe bräuchtest.Du musst alles für ihn bezahlen müssen, ich kenne dich, du wirst alles tun, nur dass es ihm gut geht!«

»Er wird mich beschützen. Und mir die Einsamkeit nehmen.«

»Moni, das geht nicht gut! Denk nach! Mach dich nicht so abhängig!«

Katja hatte recht. Mit allem. Und nichts davon wollte ich hören. Ich habe mich in ihn verliebt und Katja ignoriert. Gerade jetzt bereue ich es zutiefst. Zu spät, es ist zu spät und nicht mehr zu ändern. Ich stehe am Fenster. Sehe den aufgeweichten Acker und die nassen Straßen. Den trüben Morgen nahezu ohne Tageslicht. Ich schließe erneut die Augen. Höre ihn atmen. Ich weiß, wenn ich zur Tür gehe, wird er hinter mir sein. Durch das ganze Haus wird er mir folgen, egal, wie schnell ich gehe. Wenn ich falle, ist er über mir, ich habe keine Chance. Er riecht. Und er wird noch schlimmer riechen, er wird stinken, wenn wir später in der Küche sitzen. Nicht vor Anstrengung, nein. Für ihn ist es nicht anstrengend, es wirkt befreiend auf ihn, das weiß ich. Nur ich werde müde sein, schmutzig und nass. Und er wird mich grinsend beobachten, wenn ich seine Spuren danach beseitige. Wie er mich immer beobachtet. Bei allem, was ich tue. Ich gebe mir einen Ruck, so, wie ich mir jeden Morgen einen Ruck geben muss.

Es ist so weit. Wenn ich jetzt nicht gehe, wird er mich anknurren. Und auf den Teppich machen, wie so oft in letzter Zeit. Ich ziehe meinen Regenmantel an und nehme seufzend die Hundeleine vom Haken neben der Tür.

»Komm, Niko, wir gehen Gassi...«

Was ich will

Für Verena, die IMMER einen Plan hat

Rückblickend war dieses Jahr eine Spaßbremse. Hätte ich das auf der Silvesterfeier gleich bemerkt, hätte ich das neue Jahr nicht so freundlich begrüßt. Aber so ist das im Leben, oftmals bestellt man sich einen Lebensinhalt mit wenig Ganzkörpereinsatz, und wenn man das Paket auspackt, ist man enttäuscht, was für Mogelpackungen darin sind. Für das nächste Jahr bin ich jetzt mal so richtig gut vorbereitet. Ich warne dich, du neues Jahr, ich habe mir selbst ausgesucht, was passieren wird!

Und das ziehe ich durch! Also zieh dich warm an, du nächstes Jahr und höre jetzt aufmerksam zu!

Wenn wir an Silvester mit unseren Lieblingsnachbarn auf der Straße stehen und den letzten Böller angezündet haben, gehe ich direkt zu unseren russischen Nachbarn. Und wie ich die Männer kenne, kommen die direkt nach. Wenn alle drüben sind, frage ich mal ganz unverbindlich, ob es denn keinen Wodka mehr gibt für die Jungs. Das verschafft mir drei Tage Zeit, um mein Buch über die schwarze Seele der Schweizer Eidgenossen zu schreiben. So lange wird nämlich mein Mann im Wodka-Koma liegen und ich habe Zeit ohne Ende. Mein Buch wird der neue Bestseller, ist klar. Wenn dann im Frühsommer die Reporter vor unserem Haus auf ein Interview warten, rufe ich den Spielberg mal an.

»Steven, hi!«, werde ich sagen und er wird mich sofort bedrängen, das Buch zu verfilmen.

»Ja, machen wir!«, werde ich antworten.

»Gib mir für den männlichen Hauptdarsteller den Jake Gyllenhaal vom Prince of Persia.

Kannst ihn einfliegen lassen zur Vorbesprechung, Treffpunkt ist dann morgen Schlag zwölf über dem Rheinfall. Ach ja, Will Smith sollte auch dabei sein, wäre besser! Freu mich, bis dann!«

Die Reporter schicke ich auch an den Treffpunkt, das gibt dann gleich eine gute Werbung. Dann muss es schnell gehen: Zuerst die Schweizer Zollbeamten informieren, dass ich einreise, was mir ja auf Grund des Buches verboten wurde. Das auf jeden Fall zuerst, weil die brauchen etwas länger, die Schweizer brauchen viel Zeit für alles. Am nächsten Morgen aufhübschen, Neoprenanzug unter das Sommerkleid anziehen, meinen unauffälligen, bürgerlichen Polo packen und ganz entspannt los fahren. Das Zollamt Bargen ist kein Problem, mit Strohhut und Sonnenbrille, ein paar Badelaken auf dem Rücksitz, komme ich da locker durch. Das ehemalige Zollamt Diessenhofen wird von Schweizer Beamten besetzt sein, da werde ich mich kurz vorstellen und dann direkt von der alten Holzbrücke in den Rhein springen. Die Strömung ist hier sehr stark und wird mich schnell vorantreiben.

Bis die Zollbeamten reagieren und vor allem, bis das Zollboot angekommen ist, bin ich schon am Rheinfall angekommen. Das Zollboot direkt hinter mir, am Ufer die Schweizer Polizei. Aber, wie jeder weiß, ist ein vor dem Rheinfall ein Seil gespannt, woran man sich festhalten kann. Das schnapp ich mir und einige Sekunden später kommt schon der Hubschrauber mit Jake und Will. Die ziehen mich aus dem Rhein und wickeln mich in eine warme Decke.

Während der Hubschrauber direkt weiter nach Stuttgart fliegt, trinken Jake, Will und ich ein Gläschen Sekt auf den gelungenen Streich und plaudern ein wenig. Natürlich werden wir in Stuttgart bereits am Flughafen erwartet. Auch die Schweizer Polizei wird da sein, die Waffen feuerbereit. Während Will und Jake den Weg freikämpfen, schneide ich mir aus der Decke ein hübsches Kleid und schwebe hinter den beiden graziös zum Flugzeug. Leider barfuss, weil ich natürlich die Schuhe vergessen haben.

Memo an mich selbst: Nägel lackieren!!!

Das Flugzeug entführen wir, was ja nicht schlimm ist, denn Will kann fliegen und wir haben dann ja keine Geiseln an Bord. Ach so, doch, die Stewardess brauchen wir. Wir brauchen ja etwas zu essen, wir werden hungrig sein. Wahrscheinlich nehme ich das Angus-Steak, das wäre wohl sinnvoll. Ja, aber eine Geisel geht doch immer. Ist auch besser, weil: dann schießen sie uns nicht ab.

In Hollywood angekommen, besuchen wir erst mal Lorne Greene. Ich hoffe, Hoss und Little Joe sind dann auch gerade auf der Ranch. Vor dem Abendessen, welches Hopsing selbstverständlich zubereitet, könnten wir alle noch eine Runde ausreiten. Jake wird mich mit einem Arm auf den Sattel hinter sich ziehen und der schwarze Hengst in einen leichten Trab fallen. Müde lehne ich mich an Jakes breiten Rücken und lasse meine Gedanken treiben. Ob jemand zu Hause die Wäsche gemacht hat? Bestimmt nicht. Regel ich später noch. Und der Polo muss ja noch in der Schweiz geholt werden. Der kann ja nichts dafür, dass ich so ein Luder bin.

Wenn der Hengst steigt, werde ich aus meinen Träumen gerissen werden. Schwarze Geländewagen des Modells Hummer blockieren uns den Weg, es stehen maskierte Männer mit Uzis davor.

»Mist, die Russen!«, wird Will rufen und Lorne zieht den Revolver.

Drei von den vierzehn Russen trifft er, den Rest erledigen Will und Jake. Dann gibt Lorne den Pferden einen Klaps und wir fahren mit dem Hummer zurück zur Ranch. In meinem Schlafzimmer liegt ein atemberaubendes Kleid für mich bereit, doch zuvor werde ich massiert und frisiert. Leider passen mir die Schuhe nicht, aber während ich mich verwöhnen lasse, häutet Hoss ein Rind und näht mir hübsche Ballerinas daraus. Gerade zur rechten Zeit schreite ich die Treppe hinab, unten warten alle schon, denn die Party wird erst eröffnet, wenn ich da bin. Und während ich so mit Will im langsamen Walzer durch den Raum schwebe, bin ich zufrieden mit dem neuen Jahr.

»Das hast du gut gemacht, hast dich richtig angestrengt!«, werde ich es loben.

Und demütig wird das neue Jahr sein Haupt neigen und mir zuzwinkern.

Und?

Wie sieht Dein Plan aus fürs nächste Jahr?

In meinem ist noch ein Platz frei für Dich…

Ute Schnell

Lesen ist etwas Wunderbares. Ein spannendes oder lustiges Buch kann mich für Stunden oder Tage in eine andere Welt entführen. Ähnlich, wie der Urlaub in einer fremden Kultur und Umgebung.

Schreiben ist noch schöner. Für mich auf jeden Fall. Hier entscheide ich selbst, wie die Menschen auf einander reagieren und in welchem Umfeld sie leben. Meistens jedenfalls! Denn nicht selten nimmt eine Geschichte im Laufe des Entstehens noch eine ganz andere Wendung, als zunächst gedacht. Das ist spannend und herausfordernd. Doch die Freude am Schreiben allein war mir nicht genug. Wie der Musiker nicht ohne Übung, der Sportler nicht ohne Training und der Handwerker nicht ohne Ausbildung und Praxis auskommt, so war auch ich auf der Suche nach literarischem Handwerkszeug und jemandem, der es vermitteln konnte.

Auf dieser Suche landete ich in der kreativen Schreibwerkstatt. Dort genieße ich Korrektur, Ermutigung und eine wohltuende Dosis Humor.

Die Weisheit des Alters

Karl war mächtig stolz, als Großvater ihm am Mittag des 10. August 1908 ohne weiteren Kommentar die Donaueschinger Tageszeitung auf den Tisch legte und ging. Das hatte es noch nie gegeben. Die Zeitung, das wusste jeder im Haus, die las der Großvater. Sonst niemand! Jetzt war das Unfassbare geschehen. Endlich, so dachte Karl, hatte Großvater verstanden, dass sein zwölfjähriger Enkel kein Kind mehr war. Voller Stolz nahm er die Zeitung, streckte seine Arme weit aus und hielt die riesigen Blätter selbstbewusst auseinander. Interessiert studierte er die Seite, die Großvater aufgeschlagen hatte. Vor fünf Tagen brannte Donaueschingen. Ein Drittel der Innenstadt wurde vollständig zerstört. Löschmannschaften und Feuerwehren aus über 30 Nachbardörfern halfen beim Kampf gegen die Flammen. Militär kam zur Unterstützung. Am Morgen des 6. August gelang es allen gemeinsam, das Feuer zu bezwingen. Durch die Zeitung bedankten sich jetzt donaueschinger Bürger bei den Helfern.

Karl entdeckte eine Kleinanzeige. Ein eisiger Schauer überfiel ihn. Großvater wusste Bescheid! Oder war es Zufall?

Karl dachte an seine Mutter. Seit dem Tod des Vaters lebte die junge Frau mit ihren Söhnen Karl und dem zwei Jahre jüngeren Willi auf dem Hof des Großvaters. Sie achtete streng auf die Erziehung der beiden.

Was hatten sie sich nur dabei gedacht?

Es geschah vor fünf Tagen. Die Bauern arbeiteten auf den Feldern. Karl und Willi kamen spät von der Schule. Über die Käferstraße liefen sie zur Brigach. Die Sonne brannte heiß und erbarmungslos. Die Jungen sehnten sich nach Erfrischung, aber durch die lange Trockenheit führte der Bach kaum Wasser. Plötzlich hörten sie Hilfeschreie.

»Das kommt von da drüben«, rief Willi und deutete in die Richtung, aus der sie gekommen waren.

»Es qualmt!«

Erste Rauchwolken bahnten sich ihren Weg zum Himmel. Karl war ganz aufgeregt.

»Komm, da müssen wir hin!«

Zögernd folgte Willi seinem Bruder. Einen Moment später sahen sie den brennenden Holzschopf. Zwei Männer versuchten zu löschen, doch das Feuer breitete sich rasend schnell aus. Sie brauchten dringend Hilfe.

»Wir bilden eine Löschkette«, brüllte jemand den Brüdern zu. Karl war begeistert und fühlte sich wichtig. Willi konnte sich Schöneres vorstellen. Aber wen interessierte das?

Die Jungen stöhnten unter der schweißtreibenden Arbeit. Beißender Geruch erfüllte die heiße Luft. Dichter Qualm nahm die Sicht und brannte in den Augen. Die Helfer konnten kaum atmen. Stroh und Gebälk brannten lichterloh. Das Feuer knisterte, erste Balken krachten. Aufkommender Wind gab den Flammen neuen Schwung.

Schweiß und Tränen rannen über Willis überhitztes, schmutziges Gesicht. Karl sah sich als ruhmreicher Held: »Zwölfjähriger rettet Donaueschingen!«

Neue Helfer kamen. Sie beschlossen, den Holzschopf niederzureißen. Vielleicht wäre dann das angrenzende Wohngebäude zu retten.

»Wo bleibt nur die Feuerwehr?«, brüllte jemand gereizt. Einen Wimpernschlag lang schienen Zeit und Raum still zu stehen. Fragend sah jeder den anderen an. Fluchend und schimpfend rannte ein Nachbar in Richtung Rathaus davon. Im Feuereifer der Löscharbeiten hatte man die Feuerwehr vergessen.

Alle Mühe war umsonst. Aufgrund der langen Trockenheit hatte das Feuer leichtes Spiel. Der Wind besorgte den Rest. Er fachte Brandherde neu an und blies Funken weit über die Dächer. Bald standen ganze Straßenzüge in Flammen. Knapp zwei Stunden nach Ausbruch des Feuers brannte das Rathaus am anderen Ende der Käferstraße. Endlich kam die Feuerwehr! Aber der Wasserdruck reichte nicht bis zu den Dächern. Hydranten versagten den Dienst. Löschen wurde immer unmöglicher! Bald versuchte man nur noch Mensch, Vieh und besonders Wertvolles in Sicherheit zu bringen.

Ein Feuerwehrmann schrie Karl an: »He, Kinder! Macht dass ihr weg kommt!«

Karl ärgerte sich maßlos. Er war kein Kind mehr! Er konnte doch helfen! Gerade erst hatte er es bewiesen!

»Haut ab!«, brüllte der Feuerwehrmann gestresst und hob drohend die Hand. Zornig zog sich Karl mit seinen Bruder zurück. Aber nach Hause gingen sie nicht, obwohl Willi laut jammerte. Karl würde sich nicht einfach so heim schicken lassen. Er wollte dabei sein, wenn sie das Feuer bezwangen.

Wie es kam, dass sie auf einmal neben dem offenen Schuppen standen, wusste Karl nicht mehr. Stattdessen erinnerte er sich an die beiden Fahrräder. Eins war noch ganz neu. Ein eigenes Fahrrad, dass hatte er sich schon lange gewünscht. Aber Mutter sagte, dafür hätten sie kein Geld. Nun standen sie da, zwei herrenlose Räder. Wer würde sie vermissen?

»Willi, schau mal, die schönen Fahrräder.«

In Karls Blick lag ein sehnsüchtiges Funkeln.

»Ich will nach Hause«, klagte Willi unbeeindruckt.

Er hatte von Karls Abenteuern die Nase voll.

»Bist du ein Säugling? Das ist unsere Gelegenheit. Die warten doch nur auf uns.« Karl wollte sich diese Chance von seinem kleinen, quengeligen Bruder nicht kaputt machen lassen. Doch der ließ nicht locker.

»Das ist Diebstahl.«

»Diebstahl wäre es, wenn sie jemand vermissen würde.«

»Natürlich vermisst die jemand.«

»Eben nicht! Die Räder sind doch so gut wie erledigt. Das Nachbarhaus brennt schon! Dieser Schuppen ist als nächstes dran.«

»Trotzdem«, Willi stampfte empört mit dem Fuß auf.

»Nichts trotzdem, kleine Heulsuse. Wenn der Schuppen brennt, ist es um die schönen Fahrräder geschehen. Dann hat keiner mehr was davon«.

»Mutter wird es rausfinden. Du weißt, was dann passiert.«

»Nichts findet sie heraus. Wenn du nicht petzt.«

»Ich petze nicht!«

»Dann passiert auch nichts. Wir müssen es nur schlau anstellen.«

Willi war nicht überzeugt. Aber Karl konnte die Sache nicht ohne ihn durchziehen. Der wäre wirklich im Stande gewesen, alles der Mutter zu erzählen.

»Hör zu«, versuchte Karl zu besänftigen, »ich mache Dir einen Vorschlag.«

»Und welchen?«, fragte Willy unbeeindruckt.

»Wenn du mitmachst, jäte ich vier Wochen lang das Unkraut für dich.«

Willis Widerstand schmolz. Er hasste es, Unkraut in Mutters zu jäten Gemüsegarten. Und überhaupt, was konnte er schon gegen Karl ausrichten, wenn der sich mal etwas in den Kopf gesetzt hatte?

»Meinetwegen«, murmelte er kaum hörbar.

Wenig später fuhren die Jungen nach Hause. Den Weg schafften sie in einer viertel Stunde. Es war noch niemand auf dem Hof. Die Gelegenheit, die Räder in der Scheune zu verstecken. Großvaters Scheune war viel mehr, als nur eine Scheune. Hier lagerten Stroh, Heu und andere Futtervorräte. Wenn er nicht gebraucht wurden, stellte Großvater seine großen Heuwagen hier ab. Ein uralter Pferdeschlitten, wer weiß, von wem der einmal war, stand hier schon so lange, wie Karl sich erinnern konnte. Axt, Säge und Sense hatten in der Scheune ihren Platz. Manche Geräte waren über 100 Jahre alt. In der hinteren linken Ecke lagerten die *»Man weiß ja nie, wozu man das noch einmal braucht«* Sachen. Auch die *»Das muss man mal reparieren«* Dinge fanden dort ihren Platz. Diese Ecke beachtete niemand. Hier wurde der Staub nur aufgewirbelt, wenn etwas Neues dazu kam.

»Das ist perfekt!«

Vorsichtig schob Karl eine Heugabel mit abgebrochenem Zinken, ein paar Gartengeräte aus Urgroßmutters Zeiten, zwei kaputte Holzfässer und ein brüchiges Butterfass zur Seite. Dahinter versteckten sie die Fahrräder. Das Gerümpel stellten sie sorgfältig zurück. Karl pustete noch kräftig in den Staub. Der legte sich erneut über das Versteck.

»Eine ausgezeichnete Tarnung«, dachte Karl.

In der Erntezeit wurden die Bauern auf den Feldern gebraucht. Karl und Willi blieben meist auf dem Hof. Sie versorgten die Tiere und pflegten Mutters Gemüsegarten. In diesen Tagen beeilten sie sich besonders mit ihrer Arbeit. Anschließend holten sie die Räder hervor, ließen sich den Sommerwind durch die Haare streichen und fuhren um die Wette. So viel Spaß hatten sie schon lange nicht mehr gehabt. Am Abend versteckten sie die Räder wieder sorgfältig und überließen dem Staub seine wichtige Aufgabe. Karl und Willi kamen sich sehr schlau vor. Niemand würde ihr Geheimnis entdecken.

Niemand? Noch einmal las Karl die Kleinanzeige:

»Entwendet wurden während dem großen Brande zwei Fahrräder, davon ein bereits neues und ein älteres aus dem Schuppen hinter dem Haus Nr. 411 in der Karlstraße. Um zweckdienliche Mitteilung gegen gute Belohnung bittet ...«

Weiter las der Junge nicht. Wie konnten sie nur so dumm gewesen sein? Natürlich war es Diebstahl. So würden es Mutter und Großvater sehen. Was dann käme, mochte Karl sich erst gar nicht vorstellen. Es war nur eine Frage der Zeit, bis sich jemand die Belohnung verdienen wollte. Darauf würde er nicht warten! Entschlossen stand Karl auf, suchte Willi und erklärte ihm seinen Plan.

Am Abend gingen die Brüder wie gewohnt ins Bett. Sie schliefen nicht, sie lauschten. Sie hörten, wie Mutter und Großvater die knarrende Holztreppe zu den Schlafzimmern hochkamen. Laut ·und deutlich wurden die Stubentüren geschlossen. Dann war alles still.

Es konnte losgehen!

Leise zogen sich die Jungen an und schlüpften auf den stockdunklen Flur. Lautlos mussten sie die Treppe runter kommen. Sie kannten die knarrenden Stufen. Großvater hatte es ihnen einmal gezeigt, als er von seiner eigenen Jugend erzählte. Die zweite Stufe von oben knarrte, wenn man links drauf trat. Die vierte war noch schlimmer, aber es war die rechte Seite, auf die man dort aufpassen musste. Die letzten beiden Stufen sollte man am besten gar nicht betreten.

»Wehe, wenn ich einen Ton höre!«, raunte Karl seinem Bruder zu.

Das war überflüssig. Willis Angst ließ sich ohnehin nicht mehr steigern. Sorgfältig bemühte er sich, in der Dunkelheit keinen Laut von sich zu geben. Jede Treppenstufe tastete er erst vorsichtig ab, bevor er drauf trat oder über sie hinwegstieg. War die Treppe in dieser Nacht länger, als sonst? Willi glaubte schon, nicht mehr an ein gutes Ende, als sie tatsächlich unten waren. Im Dunkeln tasteten sie sich durch den kleinen Flur. Karl fühlte nach der Haustür. Wo war nur die blöde Türklinke?

»Mach schon!«, flüsterte Willi.

Karl wollte eine gereizte Antwort geben, schluckte sie aber runter. Im nächsten Moment fand er die Klinke. Eigentlich hätte er sie gleich finden müssen, aber Anspannung und Dunkelheit hatten ihm hier wohl einen Streich gespielt. Endlich standen sie vor der Haustür und atmeten tief die befreiende Nachtluft ein. Erleichtert sahen sie über den mondhellen Hof.

»Das Schwierigste haben wir geschafft«, sagte Karl.

In der Scheune mussten sie sich erst wieder an die Dunkelheit gewöhnen. Vorsichtig tasteten sie sich, an den Heuwagen vorbei, in die Gerümpelecke.

»Mensch Willi, mach nicht so einen Lärm. Komm her!«, schimpfte Karl, als das Scheunentor laut quietschte.

»Ich bin doch hier«, beschwerte sich Willi, der direkt hinter Karl stand.

Die Jungen hielten den Atem an. In der Ferne hörten sie einen Kauz, sonst blieb alles still. Schnell holten sie die Räder.

»Den Kram räumen wir später auf.«

Willi nickte, was sein Bruder natürlich nicht sah. Draußen schloss Karl das Scheunentor. Mondlicht begleitete die Jungen auf ihrem Weg zur Stadtmitte. Die Nacht war angenehm warm. Grillen zirpten und Glühwürmchen leuchteten am Wegesrand. Es hätte eine wunderbare

Nacht sein können. Die Stadtmitte, mit ihren Brandruinen erinnerte an eine Geisterstadt. Der Geruch von Rauch und Asche lag noch in der Luft. Mit jedem Schritt erwarteten die Brüder erwischt zu werden. Vielleicht nicht von einem Geist, aber doch von einem wachsamen Mitbürger. Doch nichts geschah. Ungehindert erreichten sie den Schuppen. Ihn und das dazugehörende Wohnhaus hatte das Feuer verschont. Karl zog leise an der Tür.

»So ein Mist! Abgeschlossen!«

»Was machen wir jetzt?«, flüsterte Willi ängstlich. Zu einer Antwort kam Karl nicht. Hinter der Hausecke war jemand. Diesmal war es sicher keine Einbildung. In Panik ließen die Jungen die Räder fallen und rannten als ob es um ihr Leben ginge. Der halbe Heimweg lag hinter ihnen, als sie endlich langsamer wurden. Karl hatte heftig Seitenstechen. Willi schluchzte. Schwer atmend hörten sie in die Nacht hinein. Alles blieb ruhig. Dass sie vor einer streunenden Katze weggelaufen waren, würden die beiden nie erfahren.

Zum ersten Mal hatte Karl die Hoffnung, dass sie dieses Abenteuer wirklich ohne Ärger hinter sich bringen würden.

»Nur noch schnell die Scheune aufräumen«, dachte er zuversichtlich.

Doch seine Hoffnung schwand schlagartig, als sie zum Hof kamen. Das Scheunentor stand weit auf. Sie wussten beide, dass er es zugemacht hatte.

»Ich geh da nicht mehr rein«, jammerte Willi.

»Wir müssen«, sagte Karl entschieden, aber auch seine Stimme zitterte, »wenn die Morgen die Unordnung sehen, werden sie Fragen stellen. Dann war die ganze Aktion umsonst!«

Willi kämpfte mit seiner Angst, aber Karl hatte Recht. Noch nie war es ihnen gelungen ihrer fragenden Mutter die Wahrheit zu verbergen. Im Dunkeln ordneten sie den alten Plunder, so gut sie konnten. Plötzlich hörten sie auf der anderen Seite der Scheune ein lautes Geräusch. In diese Ecke fiel kein Mondlicht und die Dunkelheit war undurchdringlich. Karl hielt die Luft an, Willi tastete nach der Hand seines Bruders und als weitere Geräusche folgten, war es um ihre Beherrschung geschehen. Wie auf Kommando rannten die Brüder los. Kurz vorm Tor fiel Willi hin und schlug sich das Knie auf. Karl riss ihn auf die Beine, zerrte ihn aus der Scheune und warf das Tor zu. Das würde den Eindringling erst einmal aufhalten.

Wenig später lagen die Jungen im Bett. Noch einmal lauschten sie. Nichts schien sich zu rühren. Sie konnten kaum glauben, dass sie es wirklich geschafft hatten. Bald würde sich ihre Aufregung legen. Bald würden sie schlafen. Doch vorher schworen sich die beiden Brüder, dass sie nie wieder etwas mitnehmen würden, was ihnen nicht gehörte.

Helles Mondlicht fiel auf den Hof. Kaum hörbar öffnete sich das Scheunentor. Eine dunkle Gestalt schlich aus der Scheune und schloss sie wieder. Die Gestalt bewegte sich lautlos auf das Haus zu, stieg geräuschlos die Treppe hinauf und verschwand in einem Schlafzimmer. Eine Kerze flammte auf. Mit zufriedenem Lächeln ging nun auch der Großvater zu Bett.

Historischer Hintergrund

Am 5.August 1908 erlebte Donaueschingen den schwersten Brand seiner Geschichte. Das Feuer brach um 14.15 Uhr in der unteren Käferstraße aus. Im Eifer der Rettungsarbeiten hatte man zunächst vergessen, die Feuerwehr zu alarmieren. Erst als Nachbarn den Stadtbaumeister im Rathaus informierten, konnte dieser die Feuerwehr benachrichtigen. Die Glocke im Rathausturm verkündete das Unglück.

Vor Ort stellte die Feuerwehr fest, dass der Wasserdruck zu schwach war, um die Dächer zu erreichen. Hydranten gaben kein Wasser mehr her. Lange Trockenheit und aufkommender Wind begünstigten die Ausbreitung des Feuers. Da die Landwirte auf den Feldern bei der Ernte waren, fehlten Gespannfahrzeuge und geschulte Helfer. Das Feuer breitete sich schnell über mehrere Straßen aus. Es erreichte seinen Höhepunkt, als das frei stehende Rathaus um 15.30 Uhr brannte. Zuletzt kämpften Feuerwehren und Löschmannschaften aus dem gesamten Umland gegen die Flammen. In der Nacht wurde militärische Hilfe angefordert. Am Morgen des 6.August brachte man den Brand unter Kontrolle.

Das Feuer vernichtete 125 Wohn- und 168 Nebengebäude. 220 Familien mit insgesamt 650 Personen wurden obdachlos. Zwei Personen verloren in Folge des Brandes ihr Leben.

Am 10. August fand man in einer Donaueschinger Tageszeitung folgende Kleinanzeige:

»Entwendet wurden während dem großen Brande zwei Fahrräder, davon ein bereits neues Styria und ein älteres Adler-Fahrrad aus dem Schuppen hinter dem Haus Nr .411 in der Karlsstraße (neben dem abgebrannten Hause der Witwe Schelble). Um zweckdienliche Mitteilungen gegen eine gute Belohnung bittet Baier, Telegraphenbauführer.«

Heldenschicksal

Vorsichtig, um keinen Laut von sich zu geben, ging der dreizehnjährige Yannik über das kurze Gras am Wegesrand. Seine schwere Mag-Lite hielt er fest im Griff.

»Mach mal die Taschenlampe an«, flüsterte Flo neben ihm, »ich hab da am Wald was gehört.«

»Bist du blöd? Dann sieht uns doch jeder. Halt einfach die Klappe und bleib stehen.«

Yannik, Flo und Felix standen in der Dunkelheit. Sie fühlten feuchte, von Rauch durchdrungene Nachtluft auf ihren Gesichtern. Sanfter Wind wehte leise durch die Bäume. Am Boden saßen Grillen und zirpten ein gewaltiges Konzert. Der Duft aus verbranntem Holz und frisch geschnittenem Gras lag in der Luft. Flos Augen gewöhnten sich an die Nacht. Helle Wiesen und tiefschwarzer Wald zeichneten sich ab.

»Da ist nichts«, flüsterte Yannik nach einer Weile, die seinem kleinen Bruder viel zu lange vorkam.

»Wenn du meinst«, murmelte Flo eingeschnappt. Er hasste es, wenn Yannik alles besser wusste. Besonders hier! Flo wollte doch selbst beweisen, was in ihm steckte.

Flo hieß eigentlich Florian. Aber so nannte ihn nur seine Lehrerin. Flo passte viel besser zu ihm. Seinen Namensvettern aus dem Tierreich machte er alle Ehre. Klein, drahtig und immer in Bewegung. Jederzeit dort, wo man ihn nicht vermutete oder haben wollte. In seinem Kopf turnten Ideen wie Zirkusakrobaten. Ihr einziges Ziel: alles aus ihm herauszuholen, was es noch nie gegeben hatte. Ruhe oder Langeweile kannte der Junge nicht. So war er, durch und durch ein Floh.

Leise schleichend setzten sich die drei in Bewegung, am Feldweg entlang, bis zur großen Wiese. Wachsam beobachteten sie das Gelände. Glühwürmchen tanzten munter als helle, grüne Lichter vor ihren Augen auf und ab. Mit einem Blick zum Himmel vergaß Flo alles um sich herum. Sterne über Sterne ergossen sich wie Milch über eine dunkle Tischdecke.

»Die Milchstraße«, hatte Papa ihm einmal erklärt, »kann man am Besten in freier Natur sehen. Dort, wo kein künstliches Licht die Nacht erhellt«. Überwältigt atmete Flo laut auf.

»Schnauf ein bisschen leiser. Du weckst noch die ganze Mannschaft«, meckerte Yannik. Aber außer den Grillen im Gras und dem Wind in den Bäumen blieb alles still.

Von hier oben, von der großen Wiese, hatten Flo, Yannik und Felix, der Campbetreuer, einen guten Überblick über das Sommerferienlager. Trotz Dunkelheit erkannten sie Schlafzelte, das große Gemeinschaftszelt und den Süßigkeitenkiosk. Süßes mochte Flo besonders gern. Mutters Warnungen und Drohungen mit dem Zahnarzt konnte er erfolgreich vergessen. Gut beleuchtet stand das Küchenzelt am anderen Ende des Platzes. Flo grinste.

»Die machen jeden Tag nur Kässpätzle, morgens, mittags, abends«, hatte Yannik zu Hause erzählt. Doch Flo fand schnell heraus, dass das nur ein Trick war, um allzu neugierige Kinder los zu werden. Wenn jemand fragte: »Was gibt es heute zu essen?«, war die Antwort immer »Kässpätzle«. Egal, was danach auf den Tisch kam.

Neben der Küche brannte das Lagerfeuer. In seinem Schein fand man auch bei Nacht den Weg zum Klowagen und den sommerlich frischen Kaltwasserduschen. Flo schüttelte sich. Abenteuer hatten Schattenseiten.

Zu Hause hatte Yannik viel vom Sommercamp erzählt. Flo hörte immer aufmerksam zu, wenn es um Lagerfeuer, Geländespiele, Nachtwanderungen und spannende Geschichten ging. Sogar einen Turm hatte Yannik schon gebaut. Richtig mit Hammer, Säge und Beil. Das wollte Flo auch erleben. Jedes Mal, wenn die Eltern Yannik zum Sommerlager brachten oder abholten, war Flo dabei. Immer wieder flehte er sie an: »Bitte, bitte, lasst mich doch hier bleiben. Ich mach auch ganz bestimmt nichts kaputt.« Aber genauso oft bekam er zur Antwort: »Du bist noch zu klein. Warte, bis du acht Jahre alt bist«. Allein die Erinnerung an diesen Satz empörte den jungen Abenteurer. Doch jetzt war das vorbei. Endlich durfte er bleiben. Endlich war er groß! Und das, da war sich Flo ganz sicher, würde er allen beweisen.

»Kommt Jungs, wir gehen über den Platz und schauen, ob bei der Fahne alles Okay ist«, schlug Felix vor.

Gemeinsam gingen sie zur Lagermitte. Dort stand der große Turm. An seinem höchsten Punkt hing die Fahne, das begehrteste Objekt bei nächtlichen Überfällen. Yannik leuchtete mit der Taschenlampe nach oben.

»Alles klar«, sagte er mit dem Selbstbewusstsein eines geborenen Anführers. Flo runzelte die Stirn. Einen Kommentar verkniff er sich.

Am Ende ihres Rundgangs kamen die drei zurück zum großen Lagerfeuer. Hier saß der Rest der Gruppe und wartete gespannt auf ihren Bericht.

Nachtwache! Das war das Größte. Flo spürte die Aufregung schon den ganzen Tag. Man hatte ihn eingeteilt! Das fühlte sich ungeheuer wichtig an. Es bedeutete, Feuer und Lagerfahne bewachen, nächtliche Rundgänge machen und nach hilflosen Kindern schauen. Die Krönung einer jeden Nachtwache aber waren Überfälle. Überfälle, von Jugendlichen, die früher selbst ihre Ferien hier verbracht hatten. Nachts versuchten sie, die Fahne zu stehlen oder ausgefallene Streiche zu spielen. Auf solche »Überfäller« wartete jedes Kind mit Spannung. In dieser Nacht würde er, »Florian der Mutige«, das Lager bewachen. Sollten sie nur kommen! Er würde sie hören! Er würde sie jagen! Und erwischen! Am Ende bekämen sie ihre gerechte Strafe. Am Besten ließe er sie gleich den Abwasch für das ganze Camp erledigen. Und Yannik müsste endlich zugeben, wie großartig sein kleiner Bruder ist.

»Um drei Uhr ist die Schicht von euch beiden zu Ende. Dann kommen die Anderen«, unterbrach Felix Flos Gedanken.

»Was? So kurz?« protestierte der Junge. »Das kannst du vergessen. Ich halte die ganze Nacht durch! Wenn Ihr glaubt, dass Ihr mich schlafen schicken könnt, irrt Ihr Euch gewaltig«.

Felix schmunzelte.

Auch zwei Rundgänge später schien sich nichts zu rühren. Felix brachte einen kleinen Jungen in sein Zelt zurück, während Flo und Yannik am Feuer saßen. Sie sahen in die rote Glut und beobachteten lebhafte Flammen, die brennende Holzscheite umspielten. Plötzlich stand Yannik auf, in seinem Gesicht spiegelte sich Anspannung.

»Was ist los?«, Flo sah seinen Bruder erwartungsvoll an. Doch der hielt nur den Zeigefinger vor die Lippen und verschwand, heraus aus dem Schein des Feuers, in den Sichtschutz eines Zeltes, Richtung Feldweg.

»Schon wieder so eine Großer-Bruder-Superman-Aktion! Soll ich hier sitzen und warten, bis er zurückkommt? Damit er mir wieder mal erzählen kann, was er Tolles erlebt hat?«, Flo schüttelte den Kopf. Leise und besonders vorsichtig schlich er seinem Bruder nach. Jetzt wollte er weder von nächtlichen »Überfällern« noch von Yannik entdeckt werden.

So allmählich, wie sich seine Augen wieder an die Dunkelheit gewöhnten, so allmählich setzte sich für Flo am Rand des Lagers ein bedrohliches Bild zusammen. Keine fünf Meter von seinem Versteck entfernt stand ein »Überfäller«. Davon war Flo fest überzeugt.

»Der ist ja größer als mein Papa«, dachte er.

Dann entdeckte er Yannik, der den Langen offensichtlich auch gesehen hatte und sich leise an ihn heran schlich. Flo überlegte, ob er seinem Bruder helfen sollte, als er vor Schreck erstarrte. Dicht hinter Yannik tauchten zwei weitere Kerle auf. Noch bevor Flo warnen konnte, sprang einer von ihnen auf seinen Bruder zu. Sekunden später wälzten sich alle drei über dem chancenlosen Yannik. Der gab keinen Ton von sich. Flo war ratlos. Was sollte er tun? Helfen? Yannik wehrte sich heftig, aber einer gegen drei? Selbst wenn Flo ihm half, hätten sie keine Chance. Der Kampf ging zu Ende und es sah aus, als würden sie Yannik wegbringen. Grob zogen sie ihn auf die Beine und schleiften ihn über die Wiese Richtung Wald. Bis Flo die übrige Nachtwache zur Hilfe geholt hätte, wären sie längst verschwunden. Das einzig Richtige, so dachte Flo, war, den »Überfällern« zu folgen. Vielleicht bot sich später eine Gelegenheit, Yannik zu befreien.

Niemand machte eine Taschenlampe an. Keiner leuchtete zurück. Das war gut, sonst hätten die Entführer ihren jungen Verfolger sicherlich bemerkt. Im Wald fingen die drei an zu reden. Flo verstand jedes Wort.

»Na Kleiner? So hättest du dir diese Nacht sicher nicht vorgestellt, oder?«, Yannik antwortete nicht. Bestimmt hatten sie ihn geknebelt. Aber waren »Überfäller« so brutal?

Der Weg durch den Wald erschien Flo lang und mühsam. Er stolperte über trockene Zweige, stieß fast mit einem Baum zusammen und blieb an Wurzeln hängen. Als die Entführer ihre Taschenlampen einschalteten, vergrößerte er den Abstand. Doch das wäre kaum nötig gewesen. Keiner von denen dachte an die Möglichkeit, dass ihnen ein kleiner aber mutiger Abenteurer auf den Fersen wäre. Flo zweifelte schon daran, dass die drei überhaupt wussten, wo sie mit Yannik hin wollten, als sie an eine Waldlichtung kamen. Hier bewachten zwei weitere Kerle ein loderndes Lagerfeuer.

»Mensch, die wissen doch, dass man im Wald kein Feuer machen darf!«, dachte Flo ärgerlich. »Das sollen ehemalige Lagerkids sein? Jedes Kind weiß, dass Feuer im Wald gefährlich und verboten ist.«

Flo beobachtete die Lichtung. Im flackernden Schein des Feuers sahen die Kerle älter aus, als er erwartet hatte. Er beobachtete, wie sein Bruder an einen Baum gefesselt wurde. Richtig fest, und so wie Yannik stöhnte, schienen ihm die Fesseln weh zu tun. Yannik hatte zu Hause erzählt, dass »Überfäller« zum Spaß kommen. Das hier fand Flo überhaupt nicht mehr spaßig.

»Wehe, wenn Ihr ihm etwas antun«, dachte er wütend.

Gut gelaunt berieten die Entführer, was sie mit ihrem Fang machen sollten.

»Wir könnten Lösegeld für den Jungen verlangen«, meinte einer und lachte dabei. Sein Lachen klang schrill und irgendwie hässlich, fand Flo. Ihn fröstelte.

»Lösegeld? Von einem Feriencamp? Die spendieren Dir höchstens eine Tasse Kaffee.«

»Idiot! Von den Eltern natürlich.«

Einer kickte einen Zweig ins Feuer.

»Wie willst du das anstellen? Wir wissen ja nicht mal, wer der Bengel ist.«

»Das verrät er uns schon. Lass mich nur mal machen«, erwiderte der Lange.

Flo ballte seine kleine Faust. »Das sollen »Überfäller« sein? Ich muss Yannik so schnell wie möglich befreien. Wir müssen fliehen«. Dass er den Rückweg vielleicht gar nicht mehr finden würde, interessierte ihn in diesem Moment nicht.

Stattdessen kam ihm noch eine andere Idee.

Leise zog er sich zurück. Nah genug, um die Lichtung zu sehen, aber weit genug, um nicht gehört zu werden. Mit seinem neuen Smartphone könnte er Hilfe holen. Zum Beispiel die 110 anrufen oder über What's App Freunde informieren. Doch dann fiel ihm ein, dass das Smartphone zu Hause lag. »Medienfreie Zeit« stand in der Packliste, die sie vor dem Sommercamp bekommen hatten. Und Mama war der Meinung, dass ihnen das gut tun würde.

»So ein Mist«, hatte Flo schon zu Hause geschimpft. Jetzt wusste er, wie Recht er hatte.

Flo war auf sich allein gestellt. Er dachte an die PC-Spiele, die er mit seinem Bruder spielte, wenn Mama und Papa nicht zu Hause waren. Da hatten sie als Superhelden immer eine passende Waffe zur Hand, konnten jeden Bösewicht erledigen, und wenn doch mal etwas schief ging, stand ein zweites oder drittes Leben zu Verfügen. Im schlimmsten Fall ging man einfach zurück zum letzten Speicherstand. Aber hier war alles anders. Hier gab es keine Waffen, kein Extraleben und nur einen einzigen jungen Helden, der sich keinen Fehler erlauben durfte. Zufällig griff Flo an seine Hosentasche. Das Taschenmesser! Papa hatte es ihm extra für die Sommerferien gekauft.

»Wenigstens eine vernünftige Idee auf dieser Packliste!«, dachte Flo.

Er schlich zurück zur Lichtung, so dicht wie möglich an Yanniks Baum heran. Vorsichtig, denn das trockene Laub unter seinen Füßen raschelte verräterisch. Am Feuer diskutierten sie immer noch über das »Lösegeld«. Plötzlich meinte einer, er sah besonders kräftig aus:

»Seid mal still, da war was.«

Niemand redete mehr. Nur das Feuer prasselte munter vor sich hin. Flo hielt den Atem an.

»Du wirst Dir doch von dem Viehzeug da draußen keine Angst einjagen lassen«, spottete der Lange.

Gemeinsam machten sie Witze über den Angsthasen. Besonders der mit der hässlichen, schrillen Lache konnte sich überhaupt nicht mehr beruhigen. Flos Herz schlug wild, als er weiter auf Yanniks Baum zukroch. Dass der Angsthase die Lichtung verließ, bemerkte er nicht. Aufgeregt und schweißnass erreichte Flo endlich sein Ziel. Mit dem Taschenmesser versuchte er, die Fesseln aufzuschneiden. Es war mühsam und dauerte dem Jungen viel zu lange. Die Schnüre waren rau, sehr stabil und eng am Baum angebunden. Yannik bewegte sich nicht. Nicht, bis es Flo endlich gelang die Fesseln zu lösen. Dann drehte er sich blitzschnell um und zog seinen kleinen Bruder von der Lichtung weg. Flo glaubte sich bereits in Sicherheit, als er hart gepackt wurde. Der Angsthase hatte ihn erwischt. Yannik schnappte sich einen Ast und prügelte zornig auf den Entführer ein. Flo schlug und trat wild um sich. Er kratzte und biss.

»Kleiner Mistkerl«, schimpfte der Angsthase, als Flo ihm seine Zähne in den Arm rammte. Vor Schmerz ließ er den feurigen Wilden los. Beide Brüder konnten fliehen. Flo rannte voraus, Yannik dicht hinter her. Zweige schlugen ihnen ins Gesicht. Wurzeln brachten sie zu Fall. Schnell sprangen sie wieder auf die Beine. Keuchend rannten sie um ihr Leben. Jeder Augenblick konnte ihr letzter sein.

Flo sah den Waldrand. Auf der Wiese wären sie schneller. Atemnot und Seitenstechen ignorierte er. Noch einmal gab er alles. Mit einem letzten, gewaltigen Satz hechtete er aus dem Wald. Abrupt blieb er stehen. Rang um sein Gleichgewicht. Statt der erwarteten Wiese lag vor ihm ein tiefer, gähnender Abgrund. Das war nicht die Richtung, aus der sie in den Wald gekommen waren. Flo erinnerte sich. Dort unten waren sie vor zwei

Tagen, beim Geländespiel, gewesen. Eine gigantische Felswand hatten sie gesehen.

»Halt!«, wollte Flo schreien, doch er bekam keinen Ton heraus. Heftig prallte Yannik auf ihn. Gemeinsam stürzten sie in die Tiefe. Tiefer und tiefer fielen sie. Die Augenblicke bis zum Aufprall erschienen Flo wie eine Ewigkeit. Jeden Moment erwartete er den Schmerz, wenn sie unten aufschlugen. Im Fallen streifte Yannik Flos Schulter.

»Flo, hey Kleiner«, wieder rüttelte es an Flos Schulter.

»Komm Flo, es ist Zeit«, eine leise, freundliche Stimme drang zu dem Jungen durch. Flo öffnete die Augen. Er erkannte Felix und ein sanft glimmendes Lagerfeuer.

»Komm! Zeit zum Schichtwechsel. Ich bring dich ins Zelt. Dort kannst du weiter schlafen.«

»Yannik, wo ist Yannik?«

»Der schläft schon« lachte Felix. »War ihm wohl zu langweilig heute Nacht«.

Schlaftrunken ließ sich Flo zu seinem Schlafsack bringen. Im Einschlafen hörte er aus weiter Ferne ein Lachen. Schrill und hässlich!

Mein Weihnachtsgeschenk

In dem irrsinnigen Glauben, Weihnachtsmarkt habe etwas mit schneebedeckten Hütten und winterkalter Trockenheit zu tun ließ ich meinen Schirm zu Hause. Nun stand ich da, umringt von deutlich klügeren Schirmträgern auf einem regennassen Weihnachtsmarkt. Lichterketten, Imbissbudenduft und Weihnachtsmelodien aus CD-Playern mühten sich vergeblich um adventliche Atmosphäre. Triefend nasses Haar, sattgetränkte Schultern und eine laufende Nase bestimmten meine Laune. Regen tropfte auf Schirme, sammelte sich auf Hütten und Pavillons, nur um sich über kurz oder lang mit vereinter Kraft auf unachtsame Besucher zu ergießen. Der würzige Glühweinduft war verlockend, aber mein Auto stand auf dem Parkplatz um die Ecke. Fettige Schupfnudeln erinnerten mich an meine Speckpölsterchen. Frierende Händler boten Handgestricktes, Holzspielzeug, Tücher, Schmuck und Kerzen an. Besucher kauften Weihnachtsgeschenke.

Ich brauchte das alles nicht. Bei meinen Nichten und Neffen waren PC und Smartphone angesagt. Sowas kaufte ich nicht auf dem Weihnachtsmarkt. Tante Gertrude hatte schon ungefähr 25 Tücher im Schrank und meine Freundin beschloss im letzten Jahr, dass wir uns zu Weihnachten nichts mehr schenken wollten. Nicht, dass ich ihre Meinung geteilt hätte, aber Geschenke kann man nicht verlangen.

»Erzwungene Geschenke sind wie schillernde Seifenblasen, die bereits beim ersten Hinsehen zerplatzen«, dachte ich mir.

So schlenderte ich nass und frierend durch die Gassen zwischen den festlich geschmückten Buden, fragte mich, warum ich eigentlich hier war und dachte an meine Kinderzeit. Damals verströmte der Weihnachtsmarkt einen Zauber, dem ich mich nicht entziehen konnte. Dicker Schnee lag auf den Hütten und knirschte unter meinen Füßen. Die Sterne am Himmel leuchteten mit den Lichtern am Boden um die Wette. Würzig riechende Tannenzweige und süße Mandeln verzauberten die weihnachtliche Luft. Viele »Ah´s« und »Oh´s« mischten sich in sanfte Weihnachtsmelodien, wenn Besucher die vielen bunten Sachen an den Ständen bewunderten. Wir Kinder liebten das alte Karussell mit den kleinen Pferdchen und den dicken Weihnachtsmann, dessen Stimme mich an meinen Großvater erinnerte. Wie oft stand ich mit meinen paar Münzen an den Ständen, rechnete hin und her und versuchte aus dem Wenigen, das ich hatte, die schönsten Geschenke herauszupressen. Nicht selten, um hinterher zu hören: »Das hättest du doch nicht machen sollen.« Oder: »Das ist doch viel zu viel«, oder »Das ist ja ganz hübsch, aber…«.

Vielleicht war es doch nicht so schlecht auf Geschenke zu verzichten. Dabei könnten Geschenke Herzen erwärmen. So wie der kleine Schreibtisch, den mir mein Bruder mit seinem mickrigen Lehrlingsgehalt und großer Liebe zum Detail selbstgebaut hatte, weil ein Gekaufter in meine erste eigene Wohnung nicht hineinpasste. Mit Tränen in den Augen stand ich im Weihnachtszimmer und kein Geschenk der Welt hätte uns mehr bewegen können. Oder die Knoblauchwichtel, über die sich mein Großvater noch Monate später freute, als sie längst nur noch eine dekorative Hülle waren. Ja, das waren noch Zeiten, als sich zwei Menschen mit einem einzigen Geschenk gemeinsam beschenken konnten. Herb wurde ich aus meinen Träumen gerissen, als ein großer, nasser Schäferhund neben mir sein Fell ausschüttelte. Reflexartig ausweichend prallte ich gegen einen fülligen Schirmträger, der mich nicht nur unwillig anbrummte, sondern heftig von sich wegstieß. Stolpernd und Halt suchend griff ich nach dem Bein eines Pavillons. Erleichtert fand ich mein Gleichgewicht wieder und verharrte einen Moment lang in der schmalen Nische zwischen zwei Ständen. Warum, in aller Welt, der Händler gerade in diesem Augenblick einen Besen nahm, um die prallgefüllte Wasserwanne im Dach seines Pavillons zu leeren, weiß niemand.

Nass bis auf die Haut, vom Kopf bis zu den Füßen, beschloss ich, nie wieder einen Weihnachtsmarkt zu besuchen. Frierend machte ich mich auf den mühsamen Heimweg. Trotz strömenden Regens, war der Markt mittlerweile so voll, dass ich mich langsam Stand für Stand vorkämpfen musste. Eine Welle tiefsten Selbstmitleids überflutete mich. Ich sehnte mich nach meinem schönen, trockenen und warmen Zuhause, einer Tasse Glühwein ohne Promillesorgen und einem Herzensgeschenk.

»Tschuldigung«, hörte ich ein kleines Mädchen neben mir. Im selben Augenblick wurde ich von der Kleinen energisch zur Seite geschoben. Offensichtlich hatte ich ihr den Blick auf einen Stand mit Kerzen versperrt.

»Alles Okay«, murmelte ich, doch die Kleine beachtete mich gar nicht mehr.

»Papa, Papa«, rief sie, »schau nur, wie hübsch diese Kerze ist. Und wie gut sie duftet.«

»Bienenwachs«, kommentierte der fachkundige Papa knapp.

»Die will ich haben, das wird Mamas Weihnachtsgeschenk«, schwärmte die Kleine begeistert.

»Aber du wolltest doch den leckeren Apfel mit der roten Zuckerglasur für dich?«, bremste der erfahrene Vater und hatte damit einen Moment lang Erfolg. Die Kleine wirkte verunsichert. Ich konnte ihren inneren Kampf förmlich sehen, doch gleich darauf strahlte sie wieder so fröhlich und selbstbewusst wie zuvor.

»Ich nehme die Kerze!«, entschied sie. Ihre Stimme ließ keinen Widerspruch zu. Nicht einmal väterlichen.

»Und bitte hübsch einpacken«, wies sie die Verkäuferin zurecht. »Das ist für meine Mama.«

Als das Mädchen ihr kostbares Geschenk in den Händen hielt, schaute sie mich einen Moment lang an. In ihren strahlenden Augen sah ich Glück, Stolz und Zufriedenheit. Das war ansteckend. Ich fühlte, wie in mir wohlige Wärme und tiefe Dankbarkeit für diesen Augenblick aufstieg.

Willi's Kneipe

Klarabella gehörte nicht hier her. Das wusste sie. Niemand würde sie lieben. Aber sie mochte diesen Platz, besonders an so einen ungemütlichen Tag wie heute. Der Wind pfiff scharf ums Haus und durch die undichten Fester. Kalter Regen prasselte gegen die alten Scheiben. Klarabella saß in ihrer Ecke. Sie beobachtete ein Rinnsal, das über die hölzerne Fensterbank lief, bis es hinter der wärmenden Heizung verschwand. Grobe Holzgitter und fenstersimshohe Verkleidungen versteckten Heizung und brüchiges Mauerwerk. Allein das Rinnsal fand seinen Weg auf die versiegelten alten Holzdielen und hinterließ dort eine glänzende Wasserlache. Den abgenutzten, runden Holztisch mit den beiden ebenso alten Stühlen unter ihrem Fenster hatte Klarabella besonders gern. Hier saß Willi Nacht für Nacht, nachdem der letzte Gast gegangen war und gönnte sich das gewohnte Feierabendbier. Die Musikbox aus den 60er Jahren spielte sein Lieblingslied, während er den vergangenen Tag in seinen Gedanken vorbei ziehen ließ.

Jeder im Dorf wusste es: der grauhaarige, alte Mann liebte seine Kneipe. Hier war er aufgewachsen. Damals, so erzählten sich treue Gäste, als Willis Vater noch Dorfwirt war, kamen Bauern und Handwerker täglich, um ihren Feierabend zu genießen. An Wochenenden war der angrenzende Saal voller junger Leute, die sich zum Tanz trafen. Man sagte, Willis große Liebe, Johanna, hätte ihm dort ewige Treue geschworen. Aber manche Dinge ändern sich. Nach dem Tod des Vaters übernahm Willi die Kneipe. Das war vor 47 Jahren. So, wie viele heimische Familien verließ Johanna mit ihren Eltern das Dorf. In der Stadt gab es mehr Arbeitsplätze, Ärzte, Einkaufsmöglichkeiten und es war einfach mehr los. Die wenigsten kamen zurück. Auch Johanna nicht.

Klarabella schüttelte sich. Sie hätte Willi niemals verlassen.

Das Leben in der Dorfkneipe war ruhiger geworden. Schon lange gab es keinen Tanz mehr. Meist diente der vertraute Saal als Abstellraum. Dicker Staub legte sich wie ein Schleier über Möbel und Dielen. Nur im vergangenen Jahr feierten sie hier noch einmal ein großes Fest. Die Hochzeit von Thommy und Marie.

Mehr Leben herrschte noch in dem urig, rustikalen Gastraum. Der zünftige Stammtisch aus massiver, schwerer Eiche mit seinen unzähligen Kerben und Brandmalen, war auch heute noch gut besucht. Hier trafen sich allabendlich die Helden des Dorfes. Bei Bier und Schnaps gaben sie ihre großartigsten Taten und Ideen zum Besten. Genauso regelmäßig kamen die Hobbyfußballer nach Training oder Spiel. In Willis Kneipe wurden Siege gefeiert und Niederlagen ertränkt. Unermüdlich wuselte der kleine, füllige Wirt zwischen, Tischen, Tresen und Küche, als ginge es darum, jedem Gast den schönsten Abend seines Lebens zu bereiten.

Klarabella kannte Willi erst seit fünf Monaten. Und doch schien er ihr so vertraut, als hätten sie ihr ganzes Leben gemeinsam verbracht. Täglich beobachtete sie den kauzigen Gastwirt. Jedes Wort, das man über ihn sprach, bewahrte sie wie einen Schatz. In diesen fünf Monaten wuchs Klarabellas tiefe und leidenschaftliche Liebe zu dem alten Mann. Eine Liebe, die dieser niemals erwidern würde.

Willi wischte sich den Schaum von den Lippen, brachte die letzten Gläser zum Tresen und spülte. Beinahe zärtlich polierte er den alten, glänzenden Kupfertresen. »Ein einziger Wassertropfen«, so hätte Willis Vater damals gesagt, »würde das gute Stück über Nacht ruinieren«. Zuletzt löschte Willi das Licht und ging in seine Wohnung hinter der Kneipe. Klarabella saß im Dunkeln. Sie roch den kalt werdenden Zigarettenrauch und hörte das gleichmäßige Prasseln der Regentropfen. Klarabella träumte von Willi und einem gemeinsamen Leben in seiner Kneipe.

Lautes Klappern aus der Küche weckte Klarabella. In Willis Kneipe begann jeder Tag nahezu pünktlich mit dem letzten Glockenschlag vom Kirchturm her um 7 Uhr. Morgens kochte Willi seine köstlichen Eintöpfe für den Mittagstisch. Viele Landfrauen arbeiteten in der Stadt. Das Leben auf dem Dorf ernährte keine Familien mehr. Männer und Kinder kamen gerne zum Mittagessen in die alte Dorfkneipe. Besonders bei Regenwetter. In der trockenen, warmen Gaststube war jeder wichtig und Willis Eintöpfe waren über die Dorfgrenzen hinweg berühmt. Am Abend kamen die Stammtischler, die Fußballer, ab und zu mal ein Pärchen und der ein oder andere Ehemann, der aus welchem Grund auch immer, seinem trauten Heim entfloh. Hier fand er Ruhe und einen Wirt, der zuhörte. So war es auch ein paar Abende später. Klarabella saß wieder an ihrem Lieblingsplatz neben dem Fenster. Der Regen wollte in diesen Tagen kaum aufhören und niemand blieb länger als unbedingt nötig auf der Straße. Klarabella beobachtete Willis Gäste und achtete sorgfältig darauf, dass der Mann, dem ihre ungeteilte Liebe galt, sie nicht entdeckte. Am Stammtisch saßen die, die schon immer da saßen.

»Willi, mach uns noch mal eine Runde«, brüllte, der, der sich für den Bürgermeister hielt, obwohl das Dorf schon lange keinen Bürgermeister mehr hatte.

Willi füllte Bier- und Schnapsgläser.

»Komm alter Knabe, setz dich zu uns. Ist ja noch nicht viel los«, luden die Stammtischler ein.

Der Wirt sah sich um. Nur Thommy saß an einem Nachbartisch. Er starrte gedankenverloren in sein Bier.

»Das wird noch eine Weile halten«, dachte Willi und setzte sich zu seinen Gästen. Geduldig hörte er sich ihre Meisterleistungen an. Es war schon seltsam, dass es auf der Welt Probleme gab. Wo man doch so erfahrene Experten, voller Tatendrang und Heldenmut hatte, wie diese Stammtischrunde.

Nach einer Weile bestellte Thommy sein zweites Bier. Als Willi es brachte, sah er den grübelnden, jungen Mann fragend an:

»Wo drückt der Schuh, Junge?«

Thommy seufzte niedergeschlagen.

Die beiden kannten sich schon, seit Thommy gerade laufen gelernt hatte. Damals kam er jeden Sonntag mit seinem Papa zum Frühschoppen.

»Und?«, forschte Willi.

»Ich hab's vermasselt«, murmelte Thommy kleinlaut.

»Geht es ein bisschen genauer?«

»Marie!«

»Marie? Was ist mit Marie?«

»Marie will mich nicht mehr sehen«!

»Wie kommst du denn auf diesen Blödsinn?«, verständnislos schüttelte Willi den Kopf.

»Sie hat mich rausgeworfen«

»Und warum?«

»Das weiß ich doch nicht«, reagierte Thommy gereizt. Er drehte sich zur Kneipentür um. Draußen regnete es ohne Pause.

»Erzähl schon, Junge!«, ermutigte ihn Willi.

»Heute Morgen war Marie seltsam still, später hat sie heimlich geweint. Ich hab es aber gesehen. Am Abend wurde sie wütend. Ich solle abhauen und nie wieder kommen. Dabei hat sie mir ihren Ehering hinterhergeworfen«.

»Und du hast wirklich keine Ahnung warum?«

Willi hatte jetzt den Blick eines Habichts, der seine Beute entdeckt.

»Denk nach Junge! Hat sie etwas Besonderes gekocht? Etwas nett dekoriert und du hast es nicht bemerkt?«

Thommy schüttelte den Kopf. »Nein, da war Nichts.«

»War sie beim Friseur? Hat sie sich für dich hübsch gemacht?«

»Sie sah aus wie immer. Glaub ich!«

»Glaubst Du?« Willi betonte Thommys letzte Worte herausfordernd. Der junge Mann rutschte auf seinem Stuhl herum, als wolle er Willis Fragen ausweichen, doch dieser ließ nicht locker.

»Hast du vielleicht ihren Geburtstag vergessen?«

»Marie hat erst im nächsten Monat Geburtstag. Genau einen Monat nach unserem Hochzeitstag.« Plötzlich wurde Thommy kreidebleich. Mit weit aufgerissenen Augen starrte er Willi an.

»Ich … ich…«

»Du hast euren ersten Hochzeitstag vergessen« brachte Willi das Problem mit brutaler Offenheit auf den Punkt. Thommy nickte verzweifelt und kippte sein Bier mit einem einzigen Zug runter.

»Geh nach Hause! Rede mit ihr! Sag ihr, dass es dir leid tut.«

»Es ist zu spät! Sie will mich nicht mehr sehen«, jammerte Thommy und bestellte ein drittes Bier.

Vermutlich hätte Willi ihn gerne durchgeschüttelt und zu seiner Frau gejagt. Aber Thommy würde nicht nach Hause gehen. Der saß lieber, wie das berühmte Kaninchen vor der Schlange und wartete auf sein Ende. Willi brachte Thommy das bestellte Bier und überließ dieses Häuflein Elend erst einmal sich selbst. Hinter seinem Rücken richtete der Wirt die kleine Sitzgruppe neben Klarabellas Fenster. Er brachte weiße Papierservietten und eine halb heruntergebrannte, dunkelrote Kerze. In ihrem warmen Schein wirkte der Tisch richtig gemütlich. Ein Petersilienbündel im Wasserglas diente als Blumenstrauß.

Thommy bestellte teilnahmslos ein weiteres Bier. Willi ignorierte ihn. Stattdessen verschwand er in der Küche. Als er zurück kam deckte er den festlichen Tisch mit weißem Porzellan und zwei Weingläsern. Ein geheimnisvoller Anruf, ein erklärendes Gespräch am Stammtisch und noch einmal Küche. Willi kam gerade rechtzeitig zurück, als eine junge Frau die Kneipe betrat.

Die Herren vom Stammtisch sprangen sofort auf und grölten vielstimmig: »Alles Gute zum Hochzeitstag!«

Thommy riss die Augen auf, drehte sich abrupt um und sprang vom Stuhl. Vermutlich sehnte er sich nach dem Mauseloch, in dem er hätte verschwinden können, denn die junge Frau war niemand anders als seine Marie.

Die Stammtischrunde war sich einig: »So ein Ereignis muss gefeiert werden!« Und wo anders könne man das besser, als in Willis Kneipe.

Der alte Wirt legte noch etwas nach: »Marie, du hast den wunderbarsten Mann, den du dir vorstellen kannst. Schau nur, wie romantisch er das alles für euch richten ließ.«

Damit führte er Marie an den hübsch gedeckten Tisch. Auch bei Thommy fiel der Groschen endlich und er ging auf seine Frau zu. Marie sprang ihm in die Arme, drückte und küsste ihn leidenschaftlich.

»Du hast es ja gar nicht vergessen! Du wolltest mich nur überraschen! Ach Thommy, es tut mir ja so leid.«

»Wenn ihr euch nicht sofort hinsetzt, wird das Essen kalt«, brummte Willi und hielt Marie den Stuhl hin. Gehorsam setzten sich die beiden an ihren Hochzeitstagstisch. Willi brachte Rotwein, die Musikbox spielte einen Oldie nach dem anderen. Zum Essen gab es würzig duftenden Eintopf vom Mittag und als Nachtisch servierte Willi Vanilleeis mit Dosenpfirsich und Sprühsahne, liebevoll arrangiert. Das junge Paar verbrachte eine wunderbar, romantische Zeit und jeder Gast, der an diesem Abend die Kneipe betrat oder verließ, gab den beiden noch seinen wertvollsten Rat für das weitere Eheleben mit. Als letztes machten sich Thommy und Marie auf den Heimweg. Der Regen hatte aufgehört. Hell und klar schien der Vollmond über dem Dorf. Arm in Arm schlenderte das wieder frisch verliebte Paar, in die Nacht hinein.

Willi deckte das schmutzige Geschirr ab. Die Musikbox spielte sein Lieblingslied. Mit dem Feierabendbier setzte sich der alte Wirt an den immer noch romantisch dekorierten Tisch. Zufrieden und gleichermaßen wehmütig seufzte er. Klarabella sah direkt in seine traurigen und einsamen Augen. Wie gerne hätte sie ihn jetzt einfach in den Arm genommen, ihm über die grauen Haare gestrichen und gesagt, dass alles gut wird. Aber das konnte sie nicht. Klarabella war leider nur eine Kakerlake.

Nach Norden – der Ruf

Prinzessin Kyla feierte ihren sechzehnten Geburtstag mit allen Köstlichkeiten des Landes. Nach uraltem Brauch wurde jedermann zu diesem Fest eingeladen. Groß und Klein, Alt und Jung, Schloss- sowie Stadtbewohner. Niemand sollte an dem Tag, an dem die Prinzessin erwachsen wurde, zu Hause bleiben. Keiner wollte dieses einmalige Fest verpassen. Das Volk jubelte seiner Prinzessin zu, alle griffen beherzt nach den köstlichen Speisen. Kyla genoss die Begeisterung ihrer künftigen Untertanen. War diese Leidenschaft doch ein Vorgeschmack dessen, was sie einmal als Königin erwarten würde. Gerade verzauberte ein gewaltigstes Feuerwerk aus tausend und abertausend strahlenden Sternen den nächtlichen Himmel, als eine junge Frau die Prinzessin aus ihren Tagträumen riss.

»Niemand lebt für sich allein! Auch du nicht Königstochter! Ein Leben, das nur sich selbst zum Mittelpunkt hat, ist ein armseliges Leben.« Ehe Kyla etwas erwidern konnte, war die Fremde bereits verschwunden.

Noch wochenlang genoss die erwachsene Prinzessin die Erinnerung an den Rausch der Festlichkeiten. Die Worte der Unbekannten hatte sie längst vergessen. Kylas Leben war unbeschwert und sorgenfrei. Die Dienerschaft kümmerte sich um all ihre Bedürfnisse. Hätte sie sich einen Stein vom Mond gewünscht, so wäre jemand losgezogen, um ihn zu beschaffen. Nur Mo, Kylas alte Amme, machte sich Sorgen um die junge Königstochter. Eine merkwürdige Unruhe hatte sie erfasst und sie ließ die Prinzessin nur selten aus den Augen.

Eines Nachts fand Kyla sich in einem seltsamen Traum wieder. Auf einer grünen Wiese standen Obstbäume mit herrlich reifen Früchten. Gerade als sie sich den saftigsten Pfirsich pflücken wollte, sah sie ein Licht. Zunächst klein wie eine Pflaume, wuchs er schnell heran, bis eine junge Frau, durch und durch mit diesem Licht bekleidet, auf sie zukam. In ihr erkannte Kyla die Fremde, von ihrem Geburtstagsfest.

»Es ist Zeit, Königstochter. Erfülle deine Aufgabe. Gehe nach Norden. Zögere nicht und frage niemanden um Erlaubnis.«

Wie beim letzten Mal verschwand die Unbekannte, ehe Kyla Fragen stellen konnte. Doch dort, wo sie eben noch stand, lag eine Schriftrolle. Eine Rolle aus gelblichem Pergament. Die Prinzessin hob sie auf, öffnete sie und las die Worte: Nach Norden! Der Traum verblasste. Kyla fiel in einen tiefen, ruhigen Schlaf.

Am Morgen erwachte sie frisch und erholt. Gut gelaunt sprang sie aus dem Bett und richtete sich zum Frühstück, wo sie gewöhnlich ihre Tagespläne schmiedete. Von einer Zofe ließ sie sich das kastanienbraune, taillenlange Haar bürsten und frisieren. Für den Tag wählte sie ein saphirblaues Seidenkleid, welches die Farbe ihrer Augen unterstrich. Plötzlich fiel ihr Blick auf den kleinen Tisch neben ihrem Bett. Sie erschauderte. Dort lag eine Schriftrolle. Die Schriftrolle, aus gelblichem Pergament. Widerstrebend griff Kyla nach dem Schriftstück, während die Worte der Unbekannten durch ihre Gedanken hallten: »Zögere nicht und frage niemanden um Erlaubnis!«

Zitternd öffnete sie das Papier und las: Nach Norden!

Kyla fasste sich schnell wieder. Sie hatte nicht vor, sich wegen eines Traums und einem Stück Pergament aus dem Schloss treiben zu lassen. Sicher erlaubte sich da jemand einen frechen Scherz mit ihr. Und das ärgerte die Prinzessin. Mittags spazierte Kyla in die Stadt, welche am Fuß des Schlossberges zu beachtlicher Größe herangewachsen war. Zwei magere Hunde lagen träge in der Sonne. Menschen begegnete sie nicht.

»Meinen künftigen Untertanen geht es gut«, dachte sie.

»Sie arbeiten nur morgens, meiden die Hitze des Tages und am Abend werden sie hervorkommen und fröhlich miteinander feiern. Ich sollte ihre Festlichkeiten einmal besuchen, wenn ich Königin bin.«

Warum Kyla die Schriftrolle mitgenommen hatte, wusste sie nicht. Doch am Fluss kam ihr eine Idee.

»Das war es dann«, sprach die Prinzessin und warf das Pergament ins Wasser.

»Wer auch immer sich diesen Scherz ausgedacht hat, wird sich etwas Neues einfallen lassen müssen.« Eine Weile sah sie dem Schriftstück hinterher, welches trotz niedrigstem Wasserstand zügig davon getragen wurde. Weg vom Schloss, weg von der Stadt, bis hin ins weite, ferne Meer.

*

In ihrem saphirblauen Seidenkleid stand die Prinzessin am Rand des Meeres. Ihre Eltern, der König und die Königin, die sie kaum kannte, standen daneben. Kyla hätte gerne mit ihnen gesprochen, doch jedes Wort aus ihrem Mund wurde vom Rauschen der Wellen verschlungen. Langsam hob sich der Meeresspiegel. Er benetzte die Füße der königlichen Familie, stieg weiter, immer weiter und umgab sie schlussendlich ganz und gar. Wie in Zeitlupe schwebten die drei im Wasser. Der König streckte seine Arme nach der Königin aus und sie nach ihm. Doch keiner konnten den anderen erreichen. So wogen sie von einander fort, in Vergessenheit hinein. Kyla sah ihren scheidenden Eltern nach. Sie hätte ihnen noch so viel zu sagen gehabt.

Die Prinzessin sank. Sie schnappte nach Luft und schluckte Wasser. Sie versuchte an die Oberfläche zu schwimmen. Doch der Sog nach unten war stärker. Tiefer und tiefer sank sie in eiskaltes, kristallklares Wasser. Luftblasen perlten an ihr entlang. Dem Himmel entgegen, von dem sich Kyla in zunehmender Geschwindigkeit entfernte. Blaue und grüne Farben drehten sich um die Prinzessin. Sie fühlte sich schwach und müde, gab den Kampf auf und ließ sich fallen. Die Hand, die nach ihr griff sah sie nur schemenhaft. Plötzlich wurde Kyla nach oben gezogen. Kraftvoll! Schnell! Sie durchbrach die Wasseroberfläche, frische Luft strömte in ihre Lungen und ihr Blick begegnete den Augen der Unbekannten. Sie waren hart, klar und fordernd.

Kyla erwachte bei hellem Tageslicht.

»Ein Albtraum. Es war einfach nur ein Albtraum!« Erleichtert schwang sie sich aus ihrem Bett und erstarrte im nächsten Augenblick. Vor ihr, auf dem kleinen Tisch neben ihrem Bett lag die Schriftrolle. Wer hatte sie aus dem Fluss gezogen? Und hier her gelegt? Kyla nahm sie in die Hand. Sie war trocken. Die Worte waren dieselben: Nach Norden.

Kylas Laune verschlechterte sich in den nächsten Tagen zunehmend. War es wirklich ein Scherz, den sich da jemand erlaubte? Oder steckte mehr dahinter?

*

An diesem Morgen wählte Kyla ein smaragdgrünes Spitzenkleid. Entschlossen nahm sie die Schriftrolle, ging in den Schlossgarten und suchte den Gärtner. Gerne wäre er dieser Begegnung aus dem Weg gegangen, doch Kyla hatte ihn bereits entdeckt.

»Lauf nicht weg. Ich habe eine Aufgabe für Dich«, forderte sie den alten Mann auf. Unsicher, was ihn erwarten würde, sah er seine künftige Königin an.

»Ich will, dass du mir ein Loch gräbst. Ein Loch, so tief wie ein Grab.«

»Hoheit, bei allem Respekt, es ist Sommer. Seit Wochen hat es nicht geregnet. Der Boden ist hart wie Stein.«

»Ich würde es dir nicht auftragen, wenn es nicht nötig wäre. Es muss zur Mittagszeit fertig sein.« Damit ließ sie den Gärtner allein.

Am Mittag kam die Prinzessin mit der Schriftrolle in den Garten zurück. Erschöpft stand der alte Gärtner neben dem tiefen Loch. Kyla nahm die Schriftrolle, warf sie hinein und forderte:

»Mach es wieder zu. Jetzt gleich.«

Kyla sah zu, bis der Gärtner die letzte Schaufel Erde zurückgeworfen hatte. Dann verabschiedete sie sich von dem alten Mann mit den Worten: »Vergiss die Rosen nicht, sie brauchen bei dieser Hitze besonders viel Wasser.« Der Gärtner sah seiner künftigen Königin nach. Er konnte sich kaum noch auf den Beinen halten.

*

Der Mond, der anfangs noch hell ins Zimmer schien, wurde von Wolken verdeckt. Finsternis machte sich breit. Dunkle Wände umgaben Kylas Schlafgemach. Näher rückten sie an die Prinzessin heran. Kyla erhob sich. In ihrem smaragdgrünen Spitzenkleid stand sie in dem Raum. Ihre ausgestreckten Armen konnten die Wände berühren, die immer dichter auf sie zukamen. Kyla schrie, schrie um Hilfe, doch niemand hörte sie.

Etwas kroch an ihr nach oben. Über ihre nackten Füße, die Waden hinauf. Es fühlte sich kühl an, kroch über Oberschenkel, Hüfte und Taille. Kühl und feucht. Kyla wagte nicht mehr zu atmen. Brust und Schulter bedeckte es. Angst schnürte Kyla den Hals zu als es darüber hinweg kroch. Kinn und Lippen versanken darin.

Erde! Kyla schmeckte Erde. In wenigen Augenblicken würde sie ersticken. Lebendig begraben. Statt zu schreien, schluckte sie Erde. Keinen Millimeter konnte sie sich bewegen. Panik ergriff sie und im nächsten Augenblick erwachte die Prinzessin schweißgebadet in ihrem Bett. Helles Mondlicht schien in ihr Gemach. Auf dem Tisch neben ihrem Bett lag die Schriftrolle aus gelblichem Pergament. Etwas Erde haftete noch daran. Keinen Moment länger blieb Kyla in ihrem Schlafgemach. Mit Decken und Kissen zog sie ins Kaminzimmer. Hier hielt die Dienerschaft selbst im Sommer Tag und Nacht ein Feuer bereit.

Am Morgen fand Mo, die Prinzessin kauernd vor dem Kamin. Wie in Kylas Kindertagen gelang es ihr bald, die ganze Geschichte ans Licht zu bringen.

»Glaubst du wirklich, dass sich ein Scherzbold so in deine Träume stehlen kann, Kyla?«

»Ich weiß es nicht«, flüsterte die Prinzessen, als fürchte sie, jemand könnte sie hören.

»Willst du wissen, was ich glaube?«, Kyla nickte stumm.

»Du hast eine große Aufgabe bekommen und du wirst keine Ruhe finden, bevor du sie nicht erledigt hast.«

»Aber ich kann doch nicht einfach davonlaufen. Hier bin ich zu Hause. Hier ist mein Königreich. Ich werde einmal Königin sein. Eine Königin läuft nicht davon.«

»Deine Einstellung ehrt dich. Aber vielleicht ist es gerade dieser Auftrag, der dich zur Königin macht. Du hast noch viel zu lernen.«

*

Als Kyla sich an diesem Tag ein Kleid aus diamantweißem, hauchzartem Tüll anzog, wusste sie nicht, ob sie sich über Mo ärgern oder ihr dankbar sein sollte. Eines war jedoch sicher, sie würde sich nicht so schnell aus ihrem Schloss vertreiben lassen. Und diesmal würde sie dafür sorgen, dass niemand diese Schriftrolle aus dem Fluss fischen oder aus einem Loch ausgraben konnte. Mit dem Pergament in der Hand stieg die Prinzessin auf den höchsten Turm des Schlosses. Zwischen den Zinnen hindurch sah sie ihr Reich, die Stadt, ferne Dörfer, weitläufige Wälder, Felder und Flüsse. Hier gehörte sie hin. Kyla zerriss die Schriftrolle in kleinste Stücke. Als würde er ihrem Befehlen gehorchen kam ein kräftiger Wind auf. Jeden Fetzen der Schriftrolle trug er davon, als Kyla sie ihm entgegenwarf.

»Diesmal kommst du nicht zurück. Die Winde werden dich in alle Himmelsrichtungen tragen und zerstreuen«, schrie sie dem Pergament hinterher.

In dieser Nacht schlief Kyla in der kleinen Kammer ihrer Amme. So, wie sie es in Kindertagen getan hatte, wenn sie sich einsam oder ängstlich fühlte.

*

Erneut stand die Prinzessin in ihrem diamantweißen Tüllkleid auf dem höchsten Turm des Schlosses. Der Wind kam, hob Kyla in die Höhe und trug sie davon, als sei sie nicht mehr, als ein Blatt mit dem er spielte. Sie flogen über Wälder, in denen kein Wild mehr lebte. Sie überquerte Felder, auf denen das Korn verdorrte und über Flüsse in denen es keinen Fisch mehr gab. Zuletzt fand sich die Prinzessin in der Stadt unter dem Schlossberg wieder. Kyla stand in einer ärmlichen Hütte. Am Tisch saßen drei Kinder und flehten ihre Mutter an, ihnen etwas zu essen zu geben. Doch sie hatte nichts mehr.

»Das Land ist arm und das Wenige, dass es hervorbringt wird ins Schloss geschafft.« Es war die Stimme des Windes, die sie hörte, ehe er sie in ein anderes Haus davontrug. Auch hier traf sie auf eine Familie. Die Mutter lag auf dem Bett, krümmte sich vor Schmerzen. Kinder knieten um sie herum, hielten ihre Hände und wagten nicht zu weinen. Die alten Großeltern flehten den Himmel um Gnade an.

»Der Vater arbeitet in den Wäldern. Er beschafft Holz für das Schloss. Einen Arzt kann er sich nicht leisten. Wenn sie keine Hilfe bekommt, wird sie sterben.« Kyla wurde übel. Sie wollte etwas sagen, doch der Wind trug sie bereits weiter. Diesmal in das Haus einer alten Frau, einer Witwe. Sie hielt die Totenwache am Bett ihres Mannes.

»Ihre Kinder hat sie in jungen Jahren verloren. Ihr Mann war alles, was ihr blieb. Jetzt wartet sie auf ihren eigenen Tod.« Bevor sie der Wind erneut davon trug, sah Kyla das Gesicht des Toten. Es war ihr Schlossgärtner.

Mit tränenüberströmtem Gesicht wachte Kyla an diesem Morgen auf. Mo hielt ihre Hand und streichelte der Prinzessin über die Stirn.

»Ist es wahr? Was ich gesehen habe? Geht es den Menschen in diesem Reich wirklich so schlecht?«, schluchzte Kyla.

Mo nickte.

»Warum hat mir das niemals jemand gesagt? Warum lässt mein Vater, der König das zu? Auf meinem Fest waren alle so fröhlich. Sie sind doch alle gekommen, um mit mir zu feiern.«

»Sie sind gekommen, weil sie Hunger hatten. Auf dem Fest konnten sie sich satt essen. Deshalb kamen sie.«

Kyla wurde wütend. Ihr ganzes Leben lang hatte sie an eine Lüge geglaubt. Ihr wunderbares Reich war nicht mehr als ein Scherbenhaufen. Und ihre Eltern sahen einfach zu. Voller Zorn rauschte sie in einem rubinroten Satinkleid zu den Gemächern ihres Vaters. Sie fand ihn im Salon bei Wein und fettem Braten.

»Kyla, wer hat dir Einlass gewährt?«, irritiert sah der König seine Tochter an.

»Niemand!«, schrie sie ihn an, ohne auch nur einen einzigen Augenblick lang darüber nachzudenken, mit wem sie sprach.

»Warst du schon einmal in der Stadt? Hast du gesehen, wie die Menschen leben, die für deine Bequemlichkeit sorgen?«

»Soweit ich weiß, hast du diese Bequemlichkeit bisher sehr genossen, meine Tochter.« Der König ließ sich von Kylas Ausbruch nicht aus der Ruhe bringen.

»Ich hab es nicht gewusst. Ihr habt mir nie etwas gesagt!«, empörte sich das Mädchen.

»Du hast nicht gefragt. Es hat dich niemals interessiert. Hast du vielleicht geglaubt, der Wohlstand, indem du lebst fiele vom Himmel?« Der König sah, dass er seine Tochter verunsichert hatte. »Hör zu Kyla, so ist es nun einmal. Es wird immer Menschen geben, die herrschen und andere, die sich beherrschen lassen. Das ist das Leben. Sei froh, dass du auf dieser Seite stehst.«

Entsetzt sah Kyla ihren Vater an. Sie konnte nicht glauben, was sie hörte.

»Niemals!«, schrie sie ihm ins Gesicht. Er lächelte und griff nach seinem Becher Wein.

Kyla fehlten die Worte.

»Ein wenig Obst meine Tochter?« Ihr Vater war amüsiert.

Voller Verachtung wandte sie sich ab und rannte ohne ein weiteres Wort aus dem Raum. Tränen liefen über ihr heißes Gesicht.

*

Mo fand die weinende Kyla im Kaminzimmer.

»Sie hat eine Aufgabe für Dich. Es geht ihr nicht um sich selbst. Du wirst gebraucht, für Dich, für Deine Familie, Dein Königreich und vielleicht noch für viele mehr.«

»Natürlich werde ich gebraucht. Hier werde ich gebraucht. Ich muss etwas tun. Bitte! Bringt den Kindern etwas zu essen, schickt unseren Arzt zu der kranken Mutter und holt die alte Witwe ins Schloss.«

»Es wird geschehen, wie du es wünschst, aber ich glaube nicht, dass das reicht.« Mo sah die Prinzessin auffordernd an.

»Eines Tages werde ich Königin sein. Dann regiere ich dieses Reich. Bis dahin gibt es noch vieles zu verändern. Es hat keinen Sinn, dass ich mein Reich verlasse. Ich bleibe hier und tue, was getan werden muss.«

Den ganzen Tag verbrachte das Mädchen damit, durch die Stadt zu gehen und nach den Bedürfnissen der Menschen zu sehen. Manche beschimpften sie und spuckten sie an. Andere waren zu erschöpft, um sie überhaupt wahrzunehmen, aber einige waren dankbar für ihren Besuch. Sie gaben bereitwillig Auskunft und nahmen Hilfe gerne an. Als Kyla an diesem Abend erschöpft aber zufrieden zu Bett gehen wollte, durchzuckte sie es wie ein Blitz. Auf ihrem Kissen lag die Schriftrolle. Ohne große Hoffnung brachte sie das Pergament ins Kaminzimmer und warf es ins Feuer. Kyla wartete, bis von dem Schriftstück nichts mehr übrig war.

*

Wie ein rot glühender Stern schwebte Kyla in ihrem rubinroten Satinkleid über den nächtlichen Himmel. Von Schloss und Stadt sah sie ein paar Lichter. Es war still. Nicht ein einziger Windhauch rührte sich. Dennoch schwebte Kyla auf die Stadt zu. Kleine Funken lösten sich von ihr und glitten langsam zu Boden. Kyla erkannte die Gefahr. Sie versuchte sich in Richtung Fluss zu bewegen. Doch unerbittlich wurde sie über die trockenen Felder und armseligen Höfe getrieben. Die Funken, die von ihr ausgingen begannen ihr Werk. Erst brannte ein Feld, dann ein Hof. Schon bald stand die ganze Stadt in Flammen. Menschen schrien und versuchten sich zu retten. Kyla wollte helfen, doch sie richtete immer mehr Schaden an. Zuletzt schwebte sie über dem Schloss und bald darauf leckten Flammen an dessen Mauern. Die Dächer brannten lichterloh und der große Turm erinnerte an eine lodernde Fackel. Kyla wehrte sich, sie schrie und tobte.

»Nein, nein, nein! Das darf nicht sein!« Doch je mehr sie versuchte, sich zu wehren, desto fester wurde sie gehalten und geschüttelt. Langsam verblasste das Inferno vor ihren Augen. Kyla sah in Mo's sorgenvolles Gesicht. Die alte Frau schüttelte das Mädchen und schrie sie buchstäblich an, wach zu werden.

»Mo«, haucht Kyla erschöpft.

»Dem Himmel sei Dank, du bist wieder bei Dir.« Geduldig wartete Mo bis Kyla ihr von ihrem Alptraum erzählen konnte.

»Du wirst dein Reich nicht retten, wenn du hier bleibst«, sagte die alte Amme.

Schwach nickte Kyla und sah auf, in die Hände der alten Frau. Dort lag die unversehrte Schriftrolle. Den Rest der Nacht schlief Kyla unter Mo's wachsamen Augen ruhig und fest. Am Morgen zog sie ein schlichtes Leinenkleid an. In einer alten Ledertasche verstaute sie Wasser und Brot.

»Kümmer dich um die Stadtbewohner Mo. Und erzähle meinen Eltern nicht, wo ich bin. Sie werden mich sowieso nicht vermissen.« Mo nickte und umarmte die Prinzessin zum Abschied.

Kyla hatte die Schriftrolle im Schloss gelassen, wunderte sich aber nicht mehr, als sie das Schriftstück bei einer Rast in ihrer Tasche fand. Gedankenverloren las sie die Worte, die ihr Leben verändert hatten: Nach Norden.

Nach Norden – der Weg

Kyla wollte ihre Aufgabe so schnell wie möglich hinter sich bringen. Sie war bereit, alles zu tun, was nötig war, um ihrem Königreich zu helfen. Und wenn dieser Auftrag im Norden dazugehörte, dann würde sie sich ihm eben stellen. In der Hoffnung, irgendwann einen neuen Hinweis zu bekommen ging sie nach Norden. Der Weg war lang. Kyla keuchte und schwitze, als die Sonne ihren höchsten Punkt erreichte. Nie zuvor war die Prinzessin weiter gegangen, als zu einem gemütlichen Nachmittagsspaziergang nötig war. Doch das war kein Spaziergang. Mit jedem Schritt wirbelte Kyla trockene Erde auf. Staub legte sich auf Gesicht, Arme und Beine. Schweiß ran an ihr herunter und hinterließ seine Spuren. Den ganzen Tag brannte die Sonne unbarmherzig vom Himmel herab. Selbst am Abend hatte sie noch Kraft.

Kyla dachte an ihr bequemes Leben im Schloss. Beine und Rücken schmerzten. An den Füßen bildeten sich dicke Blasen, welche aufgeplatzten und in die sich die staubige Erde der Straße rieb. Tränen der Erschöpfung und Verzweiflung mischten sich in die Spuren auf Kylas Gesicht. Allein die Erinnerung an die Menschen der Stadt und das brennende Inferno aus ihren Träumen trieb sie weiter. Die Gegend wurde einsamer. Verlassene Dörfer und Felder säumten den Weg. Selten begegnete Kyla einem Menschen. Die meisten waren auf dem Weg zur Stadt, wo sie Hoffnung und ein besseres Leben suchten. Kyla wagte es nicht, ihnen die Wahrheit zu sagen.

»Ich muss weitergehen«, spornte sie sich immer wieder an, bis sie an einem Feldrain entkräftet zusammenbrach. Sanft legte sich die Nacht über die erschöpfte Prinzessin. Niemand trug sie in ein weiches Bett. Niemand deckte sie fürsorglich zu. Allein der Mond sah das Mädchen, welches die erste Nacht ihres Lebens unter freiem Himmel verbrachte.

Am Morgen glaubte Kyla, jeden Muskel und Knochen einzeln zu spüren. Die offenen Blasen hatten sich entzündet und jeder weitere Schritt schmerzte. Trotzdem machte sich erneut auf den Weg nach Norden. Seit dem frühen Nachmittag war Kyla keinem Menschen mehr begegnet. Die Sonne stand schon tief am Himmel, als sie in einen Wald kam. Ohne

Weg schleppte sie sich durchs dichte Unterholz. Auf einer Lichtung wollte sie über Nacht rasten.

»Sicher gibt es hier wilde Tiere«, überlegte die Prinzessin und erinnerte sich an die Jagdhalle im Schloss. Dort hatte sie viele ausgestopfte Tiere gesehen. Hasen, Rehe, Dachse, aber auch wilde Schweine, Wölfe und Bären. Sogar gifte Schlangen hatte man ausgestellt.

»Ich sollte auf einen Baum klettern und die Nacht dort verbringen«, überlegte Kyla und versuchte vergeblich, einen für sie geeigneten Baum zu finden.

»Wäre ich doch nur einmal mit den Kindern des Dorfes auf Bäume geklettert, anstatt im Schloss zu sitzen«, wünschte sie sich, als sie feststellte, dass das Bäumeklettern schwieriger war, als sie dachte. In der stillen Hoffnung, dass die Tiere sie nicht fanden oder irgendein Zauber sie beschützen würde legte Kyla sich zu guter Letzt unter einen Baum am Rand der Lichtung.

Plötzlich wurde die Prinzessin durch Rascheln und lautes Schnüffeln geweckt. Sie hielt den Atem an. Die Geräusche kamen auf sie zu. Von der anderen Seite antwortete etwas. Bedrohlicher Laute, tiefes Keuchen erfüllte den Wald.

»Ein Wolf?« Voller Panik sprang sie auf und stürzte bereits beim ersten Schritt wieder zu Boden. Stechender Schmerz schoss durch ihren Knöchel. Laut schrie sie auf, dann wartete sie auf ihr Ende. Aber kein Bär schlug seine Pranken in ihre Schulter und kein Wolf zerfleischte ihre Kehle. Doch als sie sich vom Boden abstützen wollte drang ein tiefer stechenden Schmerz in ihre Hand. »Giftschlangen! Ich bin in ein Schlangennest gestolpert«, schluchzte die Prinzessin. Durch tränennasse Augen sah sie flackerndes Licht.

»Das ist das Gift. Ich sterbe. Alles war umsonst.«

»Was macht ein so junges Ding hier mitten in der Wildnis?«, fragte der alter Mann als er Kyla fand. Mit seiner brennenden Fackel leuchtete er in ihr Gesicht.

»Eine Schlange, sie hat mich gebissen«, stammelte das Mädchen. Der Alte lachte. Mit der Fackel beleuchtete er den Boden. Dicht neben Kyla lagen zwei kugelrunde Stachelbälle.

»Du hast die Igel wohl beim Spielen gestört. Sie haben große Angst vor dir. Ihre Stacheln sind wirklich sehr spitz.«

»Sie hörten sich so schrecklich an«, verteidigte Kyla ihre Angst.

»Das stimmt. Igel können sehr laut sein. Wenn man nicht weiß, dass sie es sind können sie einem schon Angst machen. Aber es gibt gefährlichere Tiere hier draußen und du solltest nicht allein im Wald schlafen. Ich bringe dich in mein Haus.«

Das Haus, wie es der Alte nannte, war eine kleine Blockhütte ganz in der Nähe. Es war einfach eingerichtet und alles, was der Alte im Laufe seines langen Lebens gesammelt hatte, türmte sich auf unüberschaubaren Stapeln.

»Ich koche uns eine Suppe. Und du erzählst mir, was so ein zartes Ding wie dich hier hinaus in die Wildnis führt.«

Kyla wusste nicht, ob es klug war einem Fremden ihre wahre Geschichte zu erzählen, dennoch vertraute sie ihm. Er unterbrach sie kein einziges Mal und wunderte sich auch nicht über die Schriftrolle und deren Herkunft.

Der Alte ließ Kyla in ihrem Zustand nicht weitergehen. Stattdessen verbrachte er die kommenden Wochen damit, das Mädchen Wildnis tauglich zu machen und ihre Wunden zu versorgen. Kyla lernte Feuer machen, Nahrung in der Natur zu finden und auf Bäume zu klettern. Der Alte zeigte ihr, wie sie sich mit einem einfachen Stock verteidigen konnte und welche Kräuter die Heilung offener Wunden förderte. Im Gegenzug dazu schuf Kyla im Innern seiner Blockhütte das größtmögliche Maß an Ordnung. Die beiden kamen gut miteinander aus. Am Tag des Abschieds wischte sich Kyla verstohlen eine Träne aus dem Augenwinkel. Der Alte drückte ihr eine Perle in die Hand.

»Verwahre sie gut. Wer weiß schon, wann du sie einmal brauchen wirst.«

Als Kyla die Grenze ihres eigenen Landes hinter sich gelassen hatte, war sie den hohen Bergen im Norden nahegekommen. Seit zwei Tagen stieg das Gelände stetig an. Die Landschaft veränderte sich. Sanfte Hügel wurden zum Gebirge hin höher und felsiger. Doch zunächst bestimmten saftige, grüne Wiesen das Bild. Es war eine üppige Vegetation, wie sie Kyla nie zuvor gesehen hatte. Überall wuchsen Obstbäume mit kräftigen Birnen, Äpfeln, Pflaumen und Kirschen, ungeachtet der Jahreszeit. Ein Baum mit knallroten Äpfeln hatte es Kyla besonders angetan. Hungrig pflückte sie sich einen Apfel. Doch kaum hatte sie die Frucht in der Hand, verwandelte sie sich in harten Stein. Was Kyla in der Hand hielt war kein Apfel, sondern ein leuchtend roter Rubin. An der Stelle, an der sie ihn eben gepflückt hatte, wuchs in Windeseile ein neuer heran, genauso groß, genauso schön wie der Vorige.

»Guten Tag«, sagte eine kräftige Stimme. Die Prinzessin drehte sich erschreckt um. Neben ihr stand ein Zwerg, aber im Gegensatz zu seiner Stimme war er kein kräftiger Bursche, zumindest nicht mehr, vielleicht früher einmal. Jetzt sah er dünn und ausgemergelt aus, trug abgewetzte, schäbige braune Hosen und ein grünes Hemd, das schon seit Jahren auf den Müll gehörte. Sein Gesicht war knochig mager, die dunkelblauen Augen lagen tief in ihren Höhlen. Nur der leuchtend rote Bart und das ebenso feurige, kurze Haar schienen noch frisch und lebendig zu sein.

»Ich warte schon seit Tagen auf dich!«, brummte der Untersetzte.

»Auf mich?« Kyla war verwirrt. Wie konnte er auf sie warten, wo sie noch nicht einmal selbst wusste, wohin sie diese Reise führen würde.

»Kyla! Nicht wahr? Ja, du wurdest mir angekündigt. Und seit dem warte ich auf dich. Und glaube mir, ich hasse es zu warten. Hier an der Grenze des Zwergenreichs warte ich. Ach und bevor ich es vergesse, mein Name ist Grumpy und ich soll dich begleiten.«

»Du sollst mich begleiten? Aber wohin und wozu?«

»Dachte ich es mir doch«, schimpfte Grumpy vor sich hin, »natürlich hat die Kleine keine Ahnung. Hab ich doch gleich gesagt, dass das eher eine Aufgabe für ein Kindermädchen ist?« Nun wurde Kyla ärgerlich.

»Hör mir mal gut zu Herr Zwerg. Erstens brauche ich kein Kindermädchen und zweitens komme ich auch sehr gut ohne deine Begleitung aus. Schließlich habe ich dich nicht gerufen!«

»Ja, ja, ist ja schon gut. Ich habe es nicht so gemeint«, versuchte Grumpy sie zu beruhigen.

Spitz fragte die Prinzessin: »Und? Wie hast du es gemeint?« Kyla wollte sich nicht so leicht beruhigen lassen. Aber Grumpy ließ sich auch nicht einschüchtern und begann zu erzählen:

»Das Zwergenreich steht unter einem bösen Fluch. Schon immer liebten wir Zwerge edles Metall und funkelnde Steine.«

»Das Herz eines Zwergen ist wohl schon von Geburt an gierig.«

Grumpy überhörte diese Bemerkung. Es war kein guter Zeitpunkt zum Streiten.

»Eines Tages kam eine dunkle und schöne Frau zu unserem König. Sie versprach ihm, sein Reich in Gold und Edelstein zu verwandeln. Er müsse nur zustimmen. In seiner Gier fragte er nicht, was ihn diese Gabe koste und willigte ein. Seit dem wachsen an unseren Bäumen Juwelen und unsere Seen sind voll flüssigen Silbers. Wir baden in Gold und Diamanten, aber das was wir zum Leben brauchen, müssen wir von weit her kaufen und es reicht nie, um alle satt zu bekommen. Wir sind die reichsten Zwerge dieser Welt und doch leiden wir große Not. Unsere Kinder verhungern, unsere Alten klagen und weinen.«

Kyla schüttelte sich.

»Das ist ja schrecklich, kann man da denn nichts dagegen machen?«

»Vor einigen Nächten wurde ich im Traum an diesen Ort geschickt. Auf ein Mädchen mit dem Namen Kyla solle ich warten. Dieses Mädchen wisse, was zu tun sei, um den Fluch zu brechen.«

Verwirrt sah Kyla den Zwerg an.

»Das war dann wohl ein Irrtum, denn du weißt ja gar nichts. Mein Weg war also umsonst«, ärgerlich drehte Grumpy sich um, um zu gehen.

»Warte!« Kyla sah auf den glitzernden Boden. Selbst der Sand unter ihren Füßen bestand aus Gold und winzigen Edelsteinen. Nachdenklich erzählte sie Grumpy von ihren eigenen Träumen und der Schriftrolle.

»Zeig mir das Pergament!«

»Wozu, es steht nicht mehr darauf als Nach Norden.«

»Nun zeig schon her. Ich nehme es Dir schon nicht weg.«

»Nicht wegnehmen«, Kyla lachte genervt, »Ich würde Dir die Schriftrolle schenken, wenn sie bei Dir bliebe.« Kyla kramte das lästige Schriftstück aus ihrer Tasche. Grumpy riss es ihr aus der Hand und las die Worte, die dort standen.

»Was redest du für einen Unsinn Kleine.«

»Warum?«

Wortlos gab er ihr die Rolle zurück und Kyla las: »Finde das Wertlose!«

Die Worte Nach Norden, die Kyla so oft gelesen hatte waren verschwunden. Als hätten sie nie existiert. Und wie um alles in der Welt sollte man in einem Land voller Reichtümer etwas Wertloses finden?

Eine Weile saßen beide einfach schweigend da. Jeder hing seinen Gedanken nach. Plötzlich sprang Kyla entschlossen auf.

»Lass es uns suchen!«

Irritiert sah Grumpy zu ihr auf.

»Was? Was sollen wir suchen?«

»Na, das Wertlose. Es muss in diesem Land sein! Ich wurde hier her geschickt. Du wurdest hier her geschickt. Es ist unsere gemeinsame Aufgabe. Es passt alles zusammen.«

Grumpy glaubte nicht an Kylas hoffnungsvolle Idee, aber er wollte das Mädchen nicht entmutigen. Was würde es schaden, ein paar Tage gemeinsam unterwegs zu sein. So übel schien die Kleine ja gar nicht zu sein. Und so machten sich die beiden auf den Weg durch das Zwergenreich. Immer weiter nach Norden, ohne der Unbekannten auch nur ein einziges Mal zu begegnen.

Kyla und Grumpy waren bereits seit drei Tagen unterwegs. Immer wieder kamen sie durch kleine Dörfer und immer wieder bot sich ihnen das gleiche Bild. Reich geschmückte Häuser aus edlen Metallen und Juwelen. Jedes Haus glich einem Schloss und war über und über mit Edelsteinen bestück. Man sollte meinen, dass die Bewohner glücklich seinen, doch das waren sie nicht. Die Prinzessin und der Zwerg sahen magere, halb verhungerte Zwergenkinder und Alte, denen der Hungertod schon ins Gesicht geschrieben stand. Am dritten Tag erreichten sie ein Dorf, in dem die Zwerge glücklicher aussahen. Schnell fanden sie den Grund dafür heraus. Mitten im Dorf stand ein Brunnen. Ein Brunnen mit kaltem klarem Wasser. Kein flüssiges Silber. Nein! Einfach nur Wasser.

»Schau dir das an Kyla, es ist nur gewöhnliches Wasser. Ob dieser Brunnen das Wertlose ist, das wir suchen sollen? Neben dem Kopfsteinpflaster aus blankpoliertem Onyx sieht er wirklich unbedeutend aus.«

Kyla schüttelte den Kopf.

»Nein Grumpy, das ist unmöglich! So kann doch wirklich nur ein Zwerg denken«, schimpfte sie und beobachtete die Zwerge, wie sie von weit her mit Eimern, Kannen und Krügen kamen, um Wasser zu holen.

Manche dieser Zwerge waren drei Tage gereist, nur um hier frisches Wasser zu bekommen. Die Rationen, die der Zwergenkönig regelmäßig austeilen lies, um sein Volk am Leben zu erhalten, waren gerade genug, um nicht zu verdursten. Grumpy brummelte ein wenig in sich hinein, musste Kyla aber doch irgendwie Recht geben. Er seufzte tief und wünschte sich, dies alles wäre niemals geschehen. Er erinnerte sich noch gut daran, als Zwergenkinder lachend auf der Straße spielten und Alte auf den Plätzen plauderten.

»Grumpy«, unterbrach Kyla seine Gedanken, »dieser Brunnen ist nicht wertlos. Im Gegenteil, er ist das Kostbarste, was dieses Dorf hat.«

Nachdem sie ihren Durst gestillt hatten, gingen Grumpy und Kyla weiter. Am Ende der Woche kamen sie in ein Dorf, indem die Zwerge auffällig gut genährt waren. Der Grund war einfach. Mitten im Dorf lag ein Acker. Auf seiner dunklen Erde wuchsen kräftige Ähren.

»Ist dieser schmucklosen Acker wertlos?«, versuchte es Grumpy diesmal etwas vorsichtiger.

»Nein! Schau sie dir doch an, die Zwerge. Von weit her kommen sie mit Schüsseln, Säcken und Wannen, um hier Korn zu holen.«

Und tatsächlich, manche waren sieben Tage gereist, nur um Nahrung für ihre hungernden Kinder zu bekommen. Die Rationen, die der Zwergenkönig regelmäßig austeilen lies um seine arbeitenden Untertanen vor dem Tod zu bewahren, reichten gerade aus, um nicht zu verhungern.

»Nein Grumpy, dieser Acker ist nicht wertlos. Im Gegenteil, er ist das Kostbarste, das dieses Dorf hat.«

»Du hast wohl recht«, seufzte Grumpy und dachte an Zeiten, in denen er selbst noch in prächtigen Hallen bei köstlichem Schmaus, kühlem Bier und würziger Pfeife saß.

Eine Woche blieben die beiden, aßen sich richtig satt und packten für die weitere Reise Vorräte ein. Doch schließlich wurde es Zeit, die Suche fortzusetzen. Und so kamen sie ins Hochgebirge, wo es trotz Sommer empfindlich kalt war. Besonders nachts! Drei Wochen liefen sie durch felsiges, raues Bergland. Steile und beschwerliche Wege forderten sie heraus. Die Dörfer, durch die sie kamen wurden kleiner. Aber selbst die kleinste Hütte war reich mit Edelsteinen geschmückt. Niemand hätte hinter dem Glanz dieses Wohlstands so viel Armut erwartet. An einem besonders kalten Tag kamen der Zwerg und die Prinzessin in ein Dorf, in dessen Mitte ein uralter Baum stand. Zwerge schnitten Äste von ihm ab und stapelten sie zum Trocknen.

»Der Baum ist sehr alt. Seine beste Zeit liegt hinter ihm. Was denkst du Kyla? Ist er es, den wir suchen?«

»Was denkst du dir, Grumpy? Schau sie dir doch an, die Zwerge. Sie kommen von weit her mit Rückentragen, Kisten und Karren, nur um hier Brennholz zu holen.«

Manche Zwerge waren drei Wochen gereist, nur um hier ein wenig Holz zu bekommen. Sie brauchten es um ihre Häuser im Winter zu wärmen, denn die Rationen, die der Zwergenkönig regelmäßig austeilen lies waren gerade mal groß genug, um nicht zu erfrieren.

»Nein Grumpy, dieser alte Baum ist nicht wertlos. Im Gegenteil, er ist das kostbarste, das dieses Dorf hat.«

Traurig nickte der alte Zwerg. Er dachte an prasselnde Kaminfeuer, fröhlichen Tanz und gute Musik.

Sein Leben gäbe er, wenn er damit all das ungeschehen machen könnte.

Nach Norden – das Ziel

Wie findet man in einem Reich, in dem selbst der ärmste Tagelöhner ein Haus aus Juwelen baut, etwas Wertloses?

Kyla und Grumpy hatten das letzte Dorf hoch oben in den Bergen hinter sich gelassen. Lange war es her, seit dem sie sich dort am knisternden Feuer aufwärmten. Noch immer führte sie ihr Weg weiter nach Norden, doch soweit sie auch liefen, nirgend konnten sie etwas von minderem Wert finden. Selbst der eiskalte Schnee auf den Gipfeln der Berge entpuppte sich als feinster Diamantstaub. In den kommenden Tagen führte sie ihr Weg wieder bergab. Immer häufiger wurden die schroffen Felsen von zarten Blumen und grünem Gras unterbrochen. Atemberaubende Sonnenuntergänge tauchten die Berge am Abend in zauberhaften Glanz und unbeschreibliche Farben. Wolkenloser Himmel schenkte ihnen am Tag einen weiten Blick über das Land. Allmählich kehrten auch angenehmere Temperaturen zurück. Kyla und Grumpy hätten die Wanderung genießen können, wäre da nicht der quälende Hunger, der sie seit Tagen nicht mehr los ließ. Von ihren Vorräten waren nur noch ein paar Schluck Wasser übrig. Eines Nachmittags gelangten die beiden wieder auf eine Obstwiese. Eine saftig, grüne Ebene, die in Süden und Westen von aufragenden Bergen umrahmt wurde. In Norden und Osten jedoch streckte sich das Land in weichen Wellen dem Tal entgegen. Gerade hier, inmitten herrlich saftiger Früchte, die an den Bäumen wuchsen, wurde Kyla und Grumpy schmerzlich bewusst, dass der Fluch noch immer nicht gebrochen war.

Mutlos setzte sich Prinzessin auf einen riesigen schwarzen Onyx. Sehnsüchtig sah sie den Pflaumenbaum an, dessen Früchte zu Amethysten wurden, wenn man sie pflückte, aber die niemanden satt machten. Weder Zwerg, noch Mensch. Kyla krümmte sich vor Hunger.

»Wir haben versagt Grumpy.«

»Haben wir?«

»Wir haben es nicht gefunden, das Wertlose.«

»Ach, ja«, seufzte er, »das stimmt! Aber weißt du, Kleine, um ehrlich zu sein hatte ich nichts anderes erwartet. Es tut mir nur Leid um dich. Ich bin ein alter Zwerg, der sein Leben hinter sich hat. Für mich ist das hier die letzte Wanderung. Und das ist gut so. Aber wir werden hier gemeinsam verhungern. Wir beide! Um dich ist es wirklich schade.«

Einen Moment lang musste Kyla schmunzeln. War das doch das schönste Kompliment, zu dem dieser grimmige Zwerg bisher fähig war.

Kyla sah ins Tal. Hätte sie die Hoffnung gehabt, dort Nahrung zu finden, so wäre sie augenblicklich aufgebrochen. Doch es gab keine Hoffnung. Tiefe Schwermut überfiel das Mädchen. Ohne Nahrung, ohne Wasser, ohne Kraft weiterzugehen. Gemeinsam schwiegen sie. Die Prinzessin und der Zwerg. Hier am Ende einer gescheiterten Mission.

Plötzlich, Grumpy riss erschrocken die Augen auf, Kyla schrie aus tiefster Verzweiflung in die stille Bergwelt hinein: »Das hier! Das hier ist wertlos! Alles, jeder edle Stein, jeder Goldklumpen und jeder Tropfen Silber! Niemand stillt damit seinen Durst, niemand stillt den Hunger seiner Kinder und niemand kann sich daran wärmen! Dieser ganze Reichtum ist wertlos!«

Als sie das letzte Wort hinausgeschrien hatte, verdunkelte sich der Himmel. Dunkle Wolken türmten sich auf, Donner grollten am Himmel und aus der Tiefe der Erde. Das Erdreich bebte, als zerrten Giganten in entsetzlichem Wahnsinn an den Ketten ihrer Gefangenschaft und befreiten sich unter schrecklichem Krachen aus den Felsen, an die sie gekettet waren. Berge schienen ins Rutschen zu geraten und drohten die Wanderer unter sich zu begraben.

Grelle Blitze zerrissen den schwarzen Himmel, als die Schreie des Zwergenkönigs im ganzen Reich zu hören waren.

»Nein! Nein, du nimmst mir nicht, was du mir gegeben hast! Du nimmst mir nicht, was mir gehört!«

Sturm fegte über das geschundene Land. Kyla und Grumpy klammerten sich an die Bäume, um nicht weg geweht zu werden. Regengüsse prasselten nieder, durchnässten sie bis auf die Haut. Im Kampf mit der Bergwelt, die sich aus ihrem Fluch zu befreien suchte, hallten die Schreie des Zwergenkönigs wieder und wieder durchs Land. Blitze spalteten die

Erde, Felsen krachten in die Tiefe. Ein letzter, alles zerreißender Todesschrei übertönte das Lärmen der Elemente. Dann kam die Ruhe. Die Ruhe des Todes. Ruhe, in der kein Vogel sang, kein Bach plätscherte und kein Wind vorüberstrich. Die Natur hielt den Atem an. Minutenlang. Bis sie erneut, von allen Lasten befreit, tief durchatmete. Es war noch nicht vorbei. Immer noch löste sich Geröll aus den Bergen und stürzte ins Tal. Grumpy lag auf seinen Knien. Zusammengekauert verbarg er den Kopf unter seinen rotbehaarten Armen. Wenn etwas stärker zittern konnte als die bebende Erde um sie herum, so war es der von Angst ergriffene Zwerg. Kleine und größere Gesteinsbrocken polterten immer noch die Hänge hinunter. Gerade erst war Kyla einem solchen Geschoss mit knapper Not ausgewichen.

»Wir müssen uns in Sicherheit bringen!«, brüllte sie Grumpy an, doch der zitterte bloß und wartete auf sein Ende.

Die Prinzessin sah sich um. Eine kleine Gruppe kräftiger Obstbäume umgeben von mittleren und niederen Sträuchern würde ihnen vielleicht mehr Schutz bieten.

»Komm, steh auf, dort drüben sind wir sicherer«, sagte Kyla. Doch der Zwerg schüttelte nur den Kopf und rührte sich nicht vom Fleck. Er sah nicht einmal auf.

»Grumpy, komm!« Kyla verstand ihren Gefährten nicht.

»Was soll das?«, kräftig rüttelte sie an seinen Schultern.

»Lass mich in Ruhe! Lass mich sterben. Es ist alles meine Schuld«, jammerte der eigensinnige Zwerg.

»Nichts ist deine Schuld. Steh endlich auf.« Zornig griff Kyla ihre Ledertasche und prügelte auf Grumpy ein. Sie würde diesen Sturkopf hier nicht seinem Schicksal überlassen.

»Nein, nein! Lass mich. Ich will sterben. Ich verdiene es nicht anders.« Grumpy versuchte ,die wütende Kyla abzuwehren.

»Hör, auf! Hör auf!« Der Zwerg schrie verzweifelt, doch die Prinzessin hörte ihn nicht.

In ihrem Zorn über sein Verhalten bemerkte sie gar nicht, dass er längst nicht mehr am Boden lag.

»Hör auf, du erschlägst mich ja schneller, als der Berg«, brüllte Grumpy und schnappte nach Kylas Handgelenken. Zum Glück waren seine Reflexe noch ganz ordentlich und er konnte das wütende Mädchen einen Augenblick festhalten. Erst da wurde ihr bewusst, dass sie ihr Ziel längst erreicht hatte. Grumpy lag nicht mehr auf dem Boden und zitterte.

Kyla deutete auf die Baumgruppe. Gemeinsam bargen sie sich in ihrem Schutz, bis sie sicher sein konnten, dass kein Geröll mehr von den Bergen kam. Einzelne Steine trafen sie dennoch. Doch durch die schützenden Büsche verursachten sie nicht mehr, als blaue Flecken. Um Kyla und Grumpy herum wurde es ruhig. Natürlich ruhig. Das Beben hatte aufgehört, die schwarzen Wolken verzogen sich. Heller, klarer Sonnenschein und Frieden umhüllte die beiden. Kyla sah sich um. Viele Früchte hatte der Sturm von den Bäumen gerissen. Sie lagen überall verstreut auf dem Boden. Die Prinzessin griff nach einer Birne. Die Frucht blieb, was sie war, eine gewöhnliche, reife Birne.

»Grumpy, schau, wir können sie essen, sie verwandeln sich nicht mehr.«

Hastig riss der Zwerg ihr die Birne aus der Hand und biss herzhaft hinein. Kyla sah ihn missbilligend an.

»Oh Entschuldigung, aber ich musste sie unbedingt testen.« Sofort hob er eine neue Birne auf und reichte sie der Prinzessin.

Gemeinsam aßen sie sich satt. Erst als keine einzige Frucht mehr in sie hineinpassen wollte, fragten sie sich, wie es weiterging. Gerade in diesem Moment erschien ein Licht über ihrer Wiese, welches schnell größer wurde. Eine in Licht gekleidete Frau kam auf sie zu. Die drei kannten sich.

»Deine Schuld ist gesühnt!«, sagte sie zu dem Zwerg. Kyla sah Grumpy fragend an. Der senkte den Blick und wich dem Ihren aus.

»Lass die Vergangenheit hinter dir. Ihr habt den Fluch gebrochen. Durch euch ist diese Welt ein wenig besser geworden. Stärkt euch, ruht euch aus!«

Wie gewohnt ließ die Lichte ihnen auch diesmal keine Zeit, Fragen zu stellen. So schnell, wie sie gekommen war, war sie auch wieder verschwunden. Auf jeden Fall hatte sie diesmal keinen Auftrag dabei.

Doch Kyla hatte an Grumpy einige Fragen.

»Es war meine Schuld«, stammelte der Zwerg, »ich war der Ratgeber meines Bruders, des Zwergenkönigs. Es war meine Aufgabe, diesen Fluch zu verhindern. Meinetwegen litt unser Volk solche Not. Meinetwegen sind so viele gestorben.«

»Vielleicht«, sagte sie nachdenklich, »vielleicht hättest du die Entscheidung des Königs verhindern können. Vielleicht aber auch nicht.«

Kyla griff nach den mageren Händen des Zwerges.

»Werden wir denn jemals erfahren, was gewesen wäre, wenn wir anders gehandelt hätten.«

»Vermutlich nicht«, flüsterte Grumpy

»Und ich glaube, dass jeder für sein eigenes Handeln verantwortlich ist. Auch ich! Das habe ich auf dieser Reise verstanden.«

»Dann wirst du wieder nach Hause gehen?« Sie nickte.

In diesem Moment fiel ihr Blick auf den Platz, an dem die Lichte kurz zuvor gestanden hatte.

Im Gras lag eine Schriftrolle. Die Schriftrolle. Kyla öffnete sie und las. Die Worte »Finde das Wertlose« waren verschwunden!

»Nach Westen« stand dort.

Françoise Schwellnus

Françoise ist eine Teilnehmerin der Schreibwerkstatt.
Richtig attraktiv findet sie das Schreiben.
Amüsieren tut sie sich dabei immer wieder
Noch ist sie eine Französin, die Schwierigkeiten mit der
                                    deutschen Sprache hat.
Ç: C mit Cedille existiert in der deutschen Sprache nicht.
Ob sie dann C ohne Cedille schreiben sollte?
Irgendwann fand sie in Frankreich eine Werbung für eine
                                    Schreibwerkstatt.
Sofort entscheid sie sich einmal mitzumachen.
Einfach schön fand sie das spontane Schreiben.

Schnell wurde sie zu einer regelmäßigen Teilnehmerin.
Cool fand sie die Schreibnachmittage dort.
Halb so schlimm das Vorlesen ihrer Texte.
Weben mit Wörtern hat sie dort gelernt.
Einfach schön fand sie die Übungen mit den Akrostichons.
Leidenschaftlich gern hat sie Akrostichons geschrieben.
Langweilig fand sie diese Ausdrucksform nie.
Nun will sie sich auch mit einem Akrostichon vorstellen.
Und dabei auch Nachahmer finden?
So schön ist das Schreiben, nicht nur von Akrostichons!

Das Goldstück und die Donau

Prolog

Im Schwarzwald soll es einen Bauernhof geben, dessen First so ausgerichtet ist, dass ein Regentropfen, der auf die eine Seite des Dachs fällt, in den Rhein fließt und ein Tropfen, der auf die andere Seite fällt, in die Donau. Aber was kann ein Wassertropfen ganz allein anfangen? Nicht viel. Damit der Wassertropfen sich vermehren kann, kam der Bildhauer Michael von Brentano auf die Idee, im Spiegelsaal des Donaueschinger Museums eine Pumpe zu installieren. So wurde aus einem einzigen Wassertropfen und mit der Hilfe einer Pumpe die Donauquelle als künstlerisches Projekt ins Museum Biedermann versetzt. Der Künstler schuf eine Installation, bei der »seine« Donau als Tänzerin dargestellt wurde und diese ist die Inspiration für die Geschichte »Das Goldstück und die Donau«. Auf unnatürliche Weise können sich damit Wassertropfen mit Hilfe der Pumpe vermehren, Regentropfen können es auf natürliche Weise.

*

Es war einmal ein Regentropfen in der Nähe der Martinskapelle, der seinen Weg zur Donau suchte. Und der Regen wurde so stark, dass der Regentropfen seinen Weg nicht mehr lange allein suchen sollte. Es gesellten sich ganz viele andere Tropfen zu ihm, und sie fanden alle zusammen ihren Weg zur Donauquelle. Dort fühlten sie sich so glücklich miteinander, dass sie alle zusammen dafür sorgten, dass in der Nähe des Schlosses eine mächtige Esche wuchs. Und diese Esche fand das Wasser, das sie über ihre Wurzeln aufsog, so pur und so schwarzwälderisch gut, dass sie immer weiter wuchs und über 300 Jahre alt wurde.

Sie war eine bemerkenswerte, aber auch ein wenig merkwürdige alte Esche, die in ihren letzten Jahrzehnten »Richard-Strauss-Esche« genannt wurde und vielleicht dazu beitrug, dass Donaueschingen seinen Namen bekam. Diese große Esche wurde die älteste und mächtigste in ganz Baden. Sie war so mächtig, dass die Menschen Stockwerke einbauten. In dem Geäst des alten würdevollen Baumes, errichteten die Menschen eine

Plattform. Eine Treppe, die sich spiralförmig um den dicken Baumstamm zog, führte hinauf. Die mächtige Esche mit ihren beschützenden Blättern wurde zum Tanzbaum und zu bestimmten Festzeiten gab sich die Jugend auf den Brettern dem Tanz hin, unter den Klängen der Kapelle, die ebenfalls zwischen den Ästen Platz nahm. Es gab damals keine Diskotheken, so gingen die jungen Leute sehr gern zu solchen Tanzveranstaltungen, und manche Ehepaare lernten sich dort kennen. Auf der Plattform, mitten im Baum, konnten sie so schön tanzen, sie fühlten sich alle wie im siebten Himmel, behütet und beschützt von den Blättern des Baums und genossen die wunderbare Aussicht. Ja, von der Baumkrone aus konnte man ebenso gut in den Quelltopf hinab, wie auch auf das Schloss hinüber schauen.

So kam es, dass an einem warmen Sommerabend der Joseph seine Eva kennenlernte. Sie verliebten sich auf den ersten Blick ineinander, tanzten den ganzen Abend zusammen und blieben lange auf der Plattform zwischen den starken Ästen stehen, bis alle schon nach Hause gegangen waren. Die Blätter raschelten leise im Wind und schienen eine Melodie der Musikkapelle zu imitieren. Durch die Kronen der Nachbarbäume im fürstlichen Park ging gerade orangerot die Sonne auf, und die beiden hatten noch nie solch einen romantischen Sonnenaufgang gesehen. Joseph hatte ein Goldstück in der Tasche. Es war ein Geschenk seines verstorbenen Großvaters, der es ihm als Glücksamulett gegeben hatte. Joseph machte seiner Eva eine Liebeserklärung und fügte voller Glück hinzu: »Ich werde jetzt versuchen, das Goldstück in den Quelltopf zu werfen, wenn ich ihn treffe und das Goldstück in der Quelle liegen bleibt, dann wird es uns Glück bringen. Wir werden heiraten, viele Kinder bekommen und ein langes, glückliches Leben miteinander führen. Nach einem langen Kuss, der ihm ganz besondere Kräfte schenkte, zielte der junge Joseph mit dem Goldstück auf die Quelle und traf. Beide stiegen vom Baum zur Quelle hinunter. Da die Morgensonne schon die Nacht vertrieben hatte, konnten sie beobachten, wie das Goldstück auf dem Grund der Quelle zwischen den gewöhnlichen anderen Geldmünzen im Wasser ganz hell in der aufgehenden Morgensonne glänzte. Voller Glück brachte Joseph seine Eva nach Hause. Nach einiger Zeit heirateten sie und bekamen viele Kinder.

Eines Tages, es waren schon viele Jahre vergangen, wollte Joseph seinem ältesten Sohn das Goldstück in der Quelle zeigen. Es lagen dort noch viele Geldmünzen, aber das besonders glänzende Goldstück war nicht mehr da. Es war verschwunden. Vielleicht geklaut? Joseph ging traurig mit seinem ältesten Sohn nach Hause und erzählte es seiner Frau. Auch Eva wurde traurig über den Verlust des Amuletts.

Sie konnten beide nicht wissen, dass sich das Goldstück selbständig gemacht hatte, weil es seine eigene Geschichte haben wollte.

Ein paar Jahre blieb das Goldstück auf dem Grund der Donauquelle liegen, bis eine Regenbogenforellenfamilie das Quellenwasser so klar fand, dass sie sich dort niederließ. Jeden Tag schwammen sie um das glitzernde Metall herum, und sie lebten sehr lange glücklich miteinander. Bis eines der jungen Forellenkinder das Goldstück mit einem Goldfisch verwechselte und es verschluckte. Das Goldstück sah seine Chance, die Welt kennenzulernen! Und ab da wollte das Forellenkind nicht mehr in dem Brunnen mit der Familie bleiben, das Goldstück drängte es in die weite Welt der Flüsse und Meere. Mit dem Goldstück in seinem Bauch fühlte es sich wie eine erwachsene Mutter und fand auch schnell den Weg aus der Quelle in die Brigach.

Diese junge Forelle hatte es in der Donauquelle doch auch sehr langweilig gefunden und wollte endlich die Welt entdecken und viele Länder und neue Landschaften kennenlernen. Monatelang schwamm sie mit dem Strom der Donau und mit ihrem Goldstück im Bauch immer weiter. Nach ungefähr 3000 Kilometern hatte sie zwar viel entdeckt, aber die lange Reise war einfach zu anstrengend. Als sie endlich das Schwarze Meer erreichte, war sie so erschöpft, dass sie irgendwann bewegungslos auf dem Grund des Schwarzen Meeres liegenblieb. Das Goldstück blieb noch lange bei seiner Weggefährtin auf dem Meeresgrund liegen, bis es sich endlich aus dem Bauch der toten Forelle befreien konnte.

Auf dem Weg ins Schwarze Meer hatte auch das Goldstück viel gehört, und auf einmal konnte es sich an den Text von Franz von Gerneth zum Donauwalzer von Johann Strauß erinnern. Darin hieß es: »Weit vom Schwarzwald her strömst du hin zum Meer«. Und da dachte sich das Goldstück: »Wenn ich schon so einen weiten Weg geschafft habe, werde ich auch den Weg aus dem Schwarzen Meer schaffen.«

Und tatsächlich mit der Hilfe einer Meerjungfrau schwamm das Goldstück mit Walzerbewegungen bis zur Oberfläche und fand den Weg aus dem Wasser. Und plötzlich lag es da am Rande des Schwarzen Meeres. Es funkelte in der wärmenden Sonne und freute sich über seinen Platz am Strand. Es genoss die wunderbare Landschaft, aber hatte doch nicht vor, da zu bleiben. Lange überlegte es, wie es weiter gehen sollte. Bis eine Taube mit Engelsflügeln sich zu ihm setzte, und ihm vorschlug, eine Reise durch die Luft zu unternehmen. Das Goldstück war von dem Vorschlag sofort begeistert. Es ließ sich von der Taube bis zum Himmel tragen. Dort leuchtete und glänzte es mit den Sternen um die Wette.

Bei einer gewissen Himmelshöhe spürte das Goldstück auf einmal, dass es kein Goldstück mehr war. Ungewollt hatte es sich zum goldenen Stern verwandelt. Was für eine Wonne! Ab da konnte sich der Stern jede Nacht in der Donauquelle spiegeln und freute sich so sehr, die Donauquelle - seine Geburtsstätte - von oben zu bewundern. Ja, das Leben eines Goldstückes ist ein langer Fluss…

Ab da leuchtete und funkelte unser goldener Stern immer wieder über Donaueschingen und schenkte der Familie von Joseph und Eva ein magisches und beschützendes Licht. Übrigens hatten sie auch ihren Urenkeln Goldstücke geschenkt, die sie lange als Amulett bei sich trugen.

Quellen und Inspiration:

Donaueschinger Stadtarchiv

Museum Biedermann, Michael von Brentano – Die Donauquelle ist umgezogen

Harmonie in Rot

In einer kleinen Stadt in den Hochvogesen befindet sich ein Café mit einer großen Terrasse. Es hat eine sehr schöne Terrasse, die sich zum Teil auf dem Stadtplatz und zum Teil auf dem Trottoir am Eck sich befindet. Sie ist sehr schön Richtung Süden gelegen, und egal, wann man kommt, kann man immer einen Platz in der Sonne finden. Nur heute ist die Terrasse fast leer. Und rund herum sind rote Bänder, die die Terrasse für jeden Einzelnen versperren.

Auf der Terrasse steht eine einzige Frau. Von weitem sieht sie wie eine umgekehrte Mohnblume aus. Mohnblume, weil der rote Rock sehr weit und aus vielen roten Falten und Volants besteht. Schon von weitem zieht sie alle Blicke auf sich, weil sie ganz mit der Farbe Rot angezogen ist. Der Rock ist rot. Die eng sitzende Bluse ist rot. Das Jäckchen ist rot. Die Schuhe mit den hohen roten Absätzen sind rot. Die lang hängende Ohrringe sind rot. Und ihre Lippen hat sie mit rotem Lippenstift in einem noch intensiveren Rot angemalt. Oder zieht sie alle Blicke auf sich, weil sie versucht, alle Leute von der Terrasse fernzuhalten? Viele Leute würden sich da gern wie gewöhnlich hinsetzen und eine Tasse Cappuccino trinken und dabei den schönen Blick auf diese ungewöhnliche Frau genießen. Aber sie duldet es nicht, dass irgendjemand sich da hinsetzt. Sie hat schon die ganze Terrasse für den ganzen Nachmittag reserviert und der Ober darf nur sie bedienen und ihre Befehle befolgen. Nur er kann ihr näher kommen. Sonst niemand. Also stehen alle da und warten geduldig.

Auf einmal hält ein roter Bus an und eine ganze Menge Männer – alle mit roter Kleidung – steigen aus. Für sie war die Terrasse reserviert, und sie nehmen gleich Platz auf dem linken Teil der Terrasse, nachdem sie alle die Frau per Handschlag begrüßt haben. Kurz darauf kommt ein zweiter roter Bus an und aus ihm steigt wieder eine ganze Menge Männer aus. Dieses Mal sind alle schwarz angezogen und tragen alle ein rot angemaltes Instrument. Sie begrüßen auch alle die Frau, nehmen auf der rechten Seite der Terrasse Platz und bestellen ein Getränk. Nach einem kurzen Zeichen der Frau fangen sie alle an zu spielen, und die Frau fängt an, zu tanzen. Es ist ein teuflischer Tanz. Die Mohnblume öffnet sich.

Der Rock entfaltet sich bei dem Tanz und gibt den Blick auf ihre roten Strümpfe frei. Sie tanzt zuerst allein. Dann kommt auch die rote Männertruppe dazu, und es ist für alle ein reiner Genuss, diesen Tanz anzuschauen, auch für diejenigen, die sich zuerst auch da hinsetzen wollten. Sie bereuen es nicht, gewartet zu haben, da auch im Stehen dieser Tanz ein inneres Vergnügen ist. Am liebsten würden die Zuschauer bei der Musik auch mittanzen, aber sie wagen es nicht: wohl wissend, dass sie so ein Tanzniveau nie erreichen könnten.

Anschließend setzt sich die Frau zu ihrer Truppe, trinkt kurz etwas und steht wieder auf, um eine Rede zu halten. Alle hören neugierig zu. Sie ist Spanierin und schon mit fünf Jahren mit ihren Eltern nach Frankreich gezogen. Sie beherrscht die französische Sprache hervorragend, die sie schon in der Grundschule lernte. Sie lebt jetzt seit genau vierzig Jahren in dieser kleinen Stadt in den Hochvogesen und hat immer sehr gern da gelebt. Mit ihrem »roten« Tanz wollte sie der Stadt ihre Dankbarkeit für die so schöne Zeit ausdrücken und es gelang ihr auch. Die Zuschauer konnten nicht aufhören zu klatschen. Sie wollten eine Zugabe und bekamen sie auch. Sollte dieser teuflisch elegante Tanz nur ein Dankeschön oder vielleicht doch eine kleine Anti-PEGIDA Aktion sein?

Wilfried Strohmeiers kreative Schreibwerkstatt

Ein Akrostichon

Wilfried Strohmeier leitet die Schreibwerkstatt in Donaueschingen.
Immer wieder lässt er uns neue Geschichten erzählen.
Leidenschaftlich gern hört er beim Vorlesen zu.
Fehlstarte werden von ihm am Anfang auch erlaubt.
Rastlos muss sich die Teilnehmerin mit dem Thema beschäftigen.
Ideen, immer neue, lustige Ideen muss sich
                        die Teilnehmerin einfallen lassen.
Er kritisiert genauso leidenschaftlich gern, wie er zuhört:
Die Ansätze stimmen schon, aber das Ganze doch nicht.«

Schöpferisches Schreiben macht durch Spontaneität frei.
Technische Fähigkeiten entwickeln sich von selbst.
Regeln kennen ist nicht unbedingt erforderlich.
Offenbar steht die Kreativität im Mittelpunkt.
Hören sollten die anderen Teilnehmerinnen die Geschichten auch gern.
Material muss musikalisch modelliert werden.
Eigenschöpfung mit vielen Einfällen muss beherrscht werden.
Improvisation ist das brauchbare und nötige Instrument.
Erneute Inspiration muss natürlich auch vorhanden sein.
Routine darf sich auf keinen Fall installieren.
Schreiben ist eine der attraktivsten Formen des sich Ausdrückens.

Kreativ fängt wie Kunst an.
Realistisch gesehen ist Schreiben auch eine Kunst.
Ewig neue Wörter finden, die miteinander verbunden werden.
Abstrakte Wörter sind schwer zu finden.
Tatsächlich soll das Abstrakte beim Schreiben vermieden werden.
Ideale Kunst ist Schreiben ohne Abstraktion. Die Wörter
Vermehren sich von selbst, solange alles
Echt ästhetisch bleibt wie bei der Kunst des Schreibens.

Schnitzen ist auch eine attraktive Ausdrucksform.
Chancen, sich auszudrücken, findet man immer wieder und überall.
Hauptsache ist, etwas Kreatives ausdrücken zu wollen.
Ruhe lässt sich auf dieser Weise auch finden.
Einfälle, immer neue Einfälle sollen vom Himmel fallen.
Idyllische Inhalte sollen keine Illusion bleiben.
Buntbemalt mit den Regenbogenfarben soll die Sprache sein.
Wörter sollen wie in der ehemaligen Textilfabrik gewebt werden.
Endgültig liegen die gewebten Wörter wie ein roter Teppich.
Reichbebildert finden sie einen Rhythmus, ohne sich zu reimen.
Künstlerisch und Kilometer lang sollen die Wörter keimen.
Schriftliche wilde Teppiche mit Gewürzen aromatisieren, um den
                                            Geschmack zu verfeinern.
Tausend Textteppiche sollen tagelang gewebt werden
Als besondere Beschäftigung mit der Blütenpracht der Bildsprache.
Total toll ist der Tanz mit der Tinte auf dem Teppich.
Türme mit vielen Träumen lassen sich dabei auch erbauen.

Der blühende Mohn im Weizenfeld

Ein Akrostichon

Der blühende Mohn hat mich immer fasziniert.
Er blüht so Rot: Scharlach- bis Purpurrot.
Rot wie die Liebe, und sein schwarzer Mittelpunkt
        symbolisiert die Leiden der Liebe.

Blütenknospe sehr bescheiden hängt noch den Kopf nach unten.
Langsam dreht sich aber die Knospe zur Sonne.
Überraschend fallen die zwei behaarten Kelchblätter
        beim Öffnen der Blütenknospen ab.
Herrlich kommen die zusammengeknautschten Kronblätter
        zum Vorschein.
Edel zerknittert sehen sie zuerst aus.
Nun müssen sie ihre Blütenkronen vom Wind bügeln lassen.
Die Blüte steht auf einmal mit ihren vier roten Kronblättern da.
Erfreuen tut sie uns mit ihrem großen, schwarzen weiß umrandeten
        Fleck in der Mitte.

Mohnblume, auch Klatschmohn genannt.
Oh! Wie bist du schön, zum Klatschen schön.
Harmonieren tust du mit dem Grün der Mohnwiese.
Naturschönheit besitzest du auf jedem Fall.

Idyllisch hast du mein Leben geprägt.
Mit meiner Geschichte hast du zu tun.

Warum konnte ich als Kind »COQUELICOT« nicht aussprechen?
Eben konnte ich nur »KIKILOKO« sagen,
Indem ich auf Dich zeigte.
Zauberhaft wurde ich prompt und jahrelang »KIKILOKO« genannt.
Ewig habe ich es erdulden müssen.
Nicht mehr durfte ich meinen Taufnamen tragen.
Françoise war auf einmal verpönt und vergessen.
Entzückend fand ich das nicht.
Leiden darunter musste ich sehr.
Doch liebe Mohnblume, Dich mag ich trotzdem immer noch.

Der Herbst ist wieder da

Ein Akrostichon

Der Herbst ist wieder da.
Er wirft immer längere Schatten voraus und
Rasch wirft er die Blätter von den Bäumen ab.

Herbstlich und heftig will er uns auf den Winter vorbereiten.
Er will uns ein letztes Mal vor dem Winter mit seinen Farben erfreuen.
Ratlos lässt er noch einmal den gelben Raps blühen.
Bunt, ganz bunt färben sich die Blätter.
Sagenhaft bunt wird es überall.
Trösten will er uns, dass es bald ohne Farben trostlos aussehen wird.

Ideenlos ist er nicht, der goldene Herbst.
Satte Farben kann er schon erschaffen.
Tagelang erfreut er uns mit tausend Farben.

Wie schafft es der Herbst ohne Palette und ohne Pinsel,
Immer solche Farben zu zaubern?
Ein einziges Blatt beinhaltet so viele Farben,
Die so schön miteinander harmonieren.
Ein echter Künstler ist der Herbst.
Radikal verändert er die Natur.

Dabei will er uns nur das zeigen, was er alles kann.
Ade Herbst! Willkommen Winter.

Der Winter kommt bald

Ein Akrostichon

Der Winter kommt bald.
Es hat heute Nacht zum ersten Mal geschneit.
Rasch haben die Blätter die Bäume verlassen.

Wo sind die bunten Blätter denn geblieben?
Irreversibel bilden sie einen grau-braunen Teppich auf dem Boden.
Nun kann man sie mit den Füßen zum Rascheln bringen.
Trist sieht es schon überall aus.
Eis wird sich bald darauf bilden,
Richtig rutschig wird es auch noch.

Kapitulieren vor der Kälte werden wir sowieso müssen.
Offen und tolerant wollen wir bleiben.
Mit dem Winter fertig werden und mitmachen sollten wir auf jeden Fall.
Matt wird er uns mattblau machen.
Tränen in unsere Augen wird er treiben.

Bald werden wir ihn hinter uns bringen.
Attentäter wird er hoffentlich zum Erlahmen bringen.
Leiden wollen wir nicht zu lange.
Dabei werden wir uns nach dem Frühling sehnen.

Gute Vorsätze für das neue Jahr

Ein Akrostichon

Gute Vorsätze für das neue Jahr zu haben,
Um sie umzusetzen: geht das überhaupt?
Toll wäre es, wenn es klappen würde.
Einfach erfreulich wäre es tatsächlich, diese Vorsätze zu realisieren.

Vielleicht sollte man auch nicht zu viel erwarten.
Oder sich kleinere Vorsätze vornehmen oder
Richtig überlegen, was sich alles realisieren lässt.
Schon schön wäre für mich eine neue Küche.
Ähnliche Vorsätze habe ich jedes Jahr,
Tatsächlich mir eine neue Küche zu leisten.
Ziemlich zaghaft überlege ich jedes Jahr wieder.
Einfach zu lange überlege ich und das neue Jahr ist wieder vorbei.

Falsch wäre eine neue Küche auf keinen Fall.
Überlegen tue ich es also dieses Jahr wieder.
Richtig wohl würde ich mich schon in einer neuen Küche fühlen.

Dann höre ich immer, wie viele Nachteile eine neue Küche hat.
Abenteuerlich und nicht unbedingt appetitanregend
Sollen die Arbeiten sein.

Nervig und gar nicht nett soll das Ganze sein.
Erleben und nicht nur Positives tut man dabei viel.
Und überall ist Dreck und man kommt nicht vorwärts.
Eben aufgeben wäre vielleicht das Beste.

Ja, alljährlich und jahrelang schon überlege ich mir das.
Alt genug und sogar uralt ist meine Küche, in der alle alten
Herdplatten nicht mehr richtig funktionieren.
Riesig groß wäre endlich der Schritt zu einer neuen Küche allemal.

Die Arbeit auf den Feldern

Ein Akrostichon

Damals waren die Landwirte
Immer sehr fleißig.
Ewig mussten sie auf den Feldern schaffen.

Alle arbeiteten sehr hart.
Rar waren noch die Traktoren.
Bewundern muss man die schwere Arbeit.
Einer musste vorn stehen und
Immer die Tiere führen und ziehen lassen.
Traurig sehen sie dabei nicht einmal aus.

Arbeit war für alle da.
Und die Männer erledigten die schwerste Arbeit.
Frauen durften ohne Tiere arbeiten und sich sehr viel bücken.

Da mussten sie die Ähren sammeln und binden.
Ewig hat es gedauert, bis sie fertig wurden.
Nun mussten sie das Ganze zu sehr weit entfernten Mühlen bringen.

Für Freizeit war keine Zeit übrig.
Ehrlich gesehen waren sie am Abend zu müde.
Laufen konnten sie einfach nicht mehr,
Daran war damals nichts zu ändern.
Einfach war das Leben nicht.
Rastlos haben die Frauen und die Männer gearbeitet.
Nachts kamen sie endlich zur Ruhe, auch wenn sie vor Müdigkeit
nicht mehr einschlafen konnten.

Elke Herrenknecht-Blank

Worte fallen mir leicht. Ich spreche, lese und schreibe sie gern.

Beim Reden ist der Mensch mir gegenüber das Interessante, weil er direkt reagieren kann und eine unmittelbare Kommunikation stattfindet.

Beim Lesen genieße ich das Entführt werden in andere Zeiten und Welten, oft als Ausgleich zum fordernden Alltag.

Beim Schreiben mag ich es am liebsten, wenn ich eine Idee niedergeschrieben und ausformuliert habe und dann ans »Feinschleifen« gehen kann. Allerdings: Hätte ich nicht die Schreibwerkstatt und Wilfried Strohmeier auf den Fersen, würden manche Ideen gar nie erst geboren...

Rex

Ich kann mich genau an den Tag erinnern, als mein Leben begann. Bis dahin reihten sich nur Tage und Nächte unter freiem Himmel, in Kälte, Hitze, Regen und stechender Sonne aneinander. Ohne ein schützendes Dach über dem Kopf war ich in einer Baugrube angekettet, ab und zu gab es von dem Mann, dem ich gehörte, etwas zu Fressen und Wasser. Manchmal gab es auch länger nichts. Und dazu noch Schläge.

Eines Tages hörte ich in der Nähe neue Geräusche. Es waren Maschinen, und mit dabei gab es einige Menschen, die irgendetwas mit der Erde und Steinen bauten. Als die Sonne richtig hoch am Himmel stand, wurde es still, und alle setzten sich hin, um ihr Wasser zu trinken und ihr Futter auszupacken. Ich bellte. Möglicherweise hatten sie ja etwas übrig? Ein junger Mann kam zu meiner Baugrube, setzte sich an den Rand und teilte sein Fressen mit mir. So was Feines hatte ich noch nie bekommen. Er schüttete mir Wasser in meinen leeren Napf und streichelte mir den Kopf. Der war richtig nett. Das Fell auf seinem Kopf war nicht ganz so dunkel wie meins, die Augen waren so ähnlich wie der Himmel. Lange blieb er leider nicht, er tätschelte mir nochmal den Kopf und ging wieder. Kurz darauf hörte ich auch wieder die Maschinen und die anderen Menschen.

So ging es einige Tage lang. In der Richtung, aus der die Geräusche kamen, wuchs etwas aus Steinen in die Höhe, wahrscheinlich war es eine Hütte, in der Menschen wohnen. Der Mann kam jeden Tag zu mir in die Baugrube, teilte sein Futter mit mir und kraulte mir das Fell. Ich freute mich schon, wenn ich morgens die Maschinen hörte. An diesem ganz besonderen Tag freute ich mich wie in letzter Zeit auf das Treffen mit dem Mann und seinen Wurstbroten. Die Wurst war lecker, aber das weiße pappige Zeug drumrum – ich weiß auch nicht, was Menschen daran finden. Es schmeckt nach nichts, es pappt an den Zähnen…Aber vielleicht wächst das ja so?

Der Mann, dem ich gehörte, tauchte gerade auf, als sich der nette Mann zu mir setzen wollte. Die zwei redeten miteinander, und irgendwie schien es um mich zu gehen, weil sie immer in meine Richtung schauten. Als sie endlich fertig waren, setzte sich der junge Mann zu mir, teilte sein

Brot und sagte zu mir: »Du heißt Rex? Also dann, Rex, heute Abend gehst du mit mir nach Hause. Da bekommst du ein Dach über den Kopf und regelmäßig zu fressen. Na, gefällt dir das?«

Ich verstand zwar nicht so genau, was er da in Menschensprache redete, aber sein Ton war freundlich, und ich fühlte, dass er mich mochte. Ich wedelte freundlich, als er sich mit einem Streicheln verabschiedete, und legte mich wieder hin. Das Beste vom Tag war vorbei.

Aber was war das? Als die Maschinen aufhörten, ihren Krach zu machen, kam der nette Mann nochmal, nahm meine Kette vom Halsband ab, fasste mein Halsband und sagte: »Komm Rex, wir gehen jetzt nach Hause!« Ich wusste nicht, was mir passieren würde, aber schlimmer als bisher konnte es eigentlich nicht werden. Ich wäre auch ohne festhalten neben ihm her gelaufen – so einen netten Leithund findet man schließlich nicht alle Tage.

Das, was er »Zuhause« nannte, war ein Hof mit einem Pferd, einigen Kühen, ein paar Schweinen, noch zwei jungen Männern, einer älteren Frau und einem älteren Mann. Und: Ich schlief das erste Mal, seit ich mich erinnern kann, in einer Hütte aus warmem Holz, hatte genug zu fressen und genug zu trinken. Die waren auch alle nett zu mir. Der alte Mann nicht ganz so wie die anderen, aber er schlug mich nicht und ließ mich in Ruhe. Von der alten Frau bekam ich öfters mal ein bisschen Wurst.

Walter hieß der junge Mann. Er ging immer morgens weg, nachdem er mich gefüttert hatte, und kam abends heim. Wenn die Familie noch auf dem Hof oder im Feld etwas zu arbeiten hatte, durfte ich mit. Ich lag dann irgendwo in der Nähe, schaute zu, jagte Insekten, bellte Wolken an und holte mir ab und zu eine Streicheleinheit ab. Mir ging es einfach nur gut. Ab und zu brachte mir Walter Sachen bei, wie auf den Befehl »Sitz« hinzusitzen oder bei »Fuß« genau neben ihm her zu laufen. Wozu das gut sein sollte, wusste ich zwar nicht, aber was der Leithund sagt, das macht man.

Die jungen Männer brachten immer häufiger auch Mädchen mit auf den Hof, und Walter nannte seine, die ihn besuchte und auf seinem Motorrad mitfahren durfte, Gerda. Die hatte ganz helle Haare. Sie war auch nett zu mir, und sie roch auch immer gut nach anderen Hunden. Wenn sie kam, musste ich erst mal abschnuppern, was sie so an Neuigkeiten mitbrachte.

Bei einem unserer Spaziergänge im Wald roch ich eine Rehfährte, schnuppert mich an ihr entlang und als der Geruch sehr stark war, sprang das Reh aus dem Gebüsch. Ich spurtete hinterher – das macht man so als Hund, ich wollte meinem Walter etwas zum Fressen fangen. Was er dann übriggelassen hätte, hätte er sicher mir gegeben, und dafür kann man schon mal einen Sprint hinlegen. Plötzlich knallte es mehrere Male ganz laut, und ich dachte, dass etwas ganz schlimmes passiert wäre. Das Reh fiel einfach um! Es lag vor mir, roch furchtbar lecker nach Fleisch und Blut, aber als ich es gerade wegschleppen wollte, kamen fremde Männer und standen mit Stöcken in der Hand um meine Beute rum. Weil ich das Reh für Walter wollte, machte ich den Männern klar, dass es mir gehörte. Vielleicht ließen sie es liegen, wenn sie merkten, dass ich es mit Zähnen verteidigen würde? Von ganz weit weg rief Walter nach mir, er wollte sicher seinen Teil vom Reh. Aber er hörte sich komisch an. Einer der Männer rief etwas zurück, und kurz darauf war Walter endlich da. Er hatte ein ganz nasses Gesicht und lief schnell zu mir. Ganz fest kraulte er meinen Kopf.

»Ich habe gedacht, Sie hätten ihn erschossen, als ich die Schüsse gehört habe. Ich hatte Angst, der Jäger denkt, er wäre ein wildernder Hund. Das hat er noch nie gemacht, ich meine das macht er sonst nie, das darf er ja gar nicht, und ich nehme ihn das nächste Mal sicher an die Leine.«

»Junge, alles gut. Der Hund ist begabt, das ist ein toller Jagdhund. Hast du ihn ausgebildet?«

»Nein, der ist nicht ausgebildet. Ich bring ihm ein bisschen »Sitz« und »Bei Fuß« bei, und er ist auch echt gescheit, aber sonst bilde ich ihn nicht aus.«

»Das musst du unbedingt tun, der hat Talent. Er hat das Reh aufgestöbert – der hat eine gute Nase. Dann hat er es vor sich hergetrieben, genau auf uns zu. Wenn du den abrichtest, wird das ein richtig guter Jagdhund. Ich zeige dir, wie das geht. Und du musst den Jagdschein machen.«

Auf diesen kleinen Ausflug folgten ein paar längere Gespräche mit den älteren Leuten auf dem Hof. Walter war ab da viel mit mir und den grünen Männern, die das Reh getötet hatten, im Wald. Ich musste lernen, was ein Hund zu tun hat, während die Menschen mit ihren Stöcken im Gebüsch hocken und auf Rehe oder andere wilde Tiere warten. Eigentlich wusste ich das ja schon alles. Aber Menschen brauchen es immer etwas komplizierter. Da muss man die Pfote heben, wenn man weiß, dass vor einem ein Tier sitzt – ich hab mir oft überlegt, ob das dem Tier Angst machen soll. Oder können die Menschen wirklich nicht riechen, dass da etwas sitzt? Dann hätten sie aber eine mächtig schlechte Nase. Wenn ich die Arbeit getan und ein Tier erschreckt hatte, so dass es flüchtete, durfte ich es nachher nicht anbeißen, wenn es tot war. Das hätte ich ja noch verstanden, wenn sie zuerst davon gefressen hätten, aber sie brachten sich immer anderes Futter mit, und ich bekam trotzdem nichts vom toten Tier. Komisch. Hunger leiden musste ich aber nie wieder, also kann ich mich eigentlich nicht beklagen.

Walter war ja immer draußen und im Wald gewesen, aber jetzt ging er noch öfters, und er hatte oft ein eckiges, weißes, raschelndes Zeug mit schwarzen Klecksen dabei, was er sich vor die Augen hielt, ganz genau und lange anschaute. Ich glaube, da hatte ein Mensch das gefunden, was ihm gefiel. Mir war's manchmal langweilig. Irgendwann hatte er auch so einen lauten Stock, der die Rehe zum Umfallen brachte. Bei den Treffen mit den anderen Menschen in grünen Kleidern waren immer viele Hundekollegen dabei, das war klasse. Wir hatten viel Spaß zusammen.

Auf dem Hof veränderten sich ein paar Dinge. Die zwei anderen Jungs gingen mit ihren Mädchen weg und kamen nur noch selten wieder. Die blonde Gerda war plötzlich immer da und ging wie er morgens zum Arbeiten und kam abends wieder. Sie mochte ich auch, aber Walter war mein Leithund, für den hätte ich mein Leben gelassen.

Zwei warme und zwei kalte Jahreszeiten gingen vorbei, als Gerda immer dicker wurde. Dann war sie ein paar Tage weg, und immer, wenn Walter heimkam, roch er ganz komisch. Ich konnte mir nicht vorstellen, was das für ein Geruch sein sollte. Als er mit Gerda wieder nach Hause kam, hatte sie keinen so großen Bauch mehr, dafür einen Welpen im Arm! Nun wusste ich, was das für ein Geruch gewesen war! So rochen also

Menschenwelpen. Aha, da hatte ich also Aufpasserarbeit zu leisten in der Welpenzeit, denn wenn das Walters Welpe war, musste ich auf ihn aufpassen. Es war wohl ein Mädchenwelpe.

Ich kann mich an meine Welpenzeit oder an meine Wurfgeschwister nicht mehr erinnern, aber ich weiß sicher, dass Welpen viel geschickter sind als Menschenwelpen – die Kleine hieß Monika, hörte ich dann. Die konnte ja gar nichts! Nicht reden, nicht laufen, die lag immer nur rum, fuchtelte mit den Ärmchen und gluckste ab und zu vor sich hin. Meine Aufgabe war, diesen rollenden Kasten mit den Rädern zu bewachen, in dem sie lag. Und ab und zu war das auch nötig – da kamen dann irgendwelche Leute und meinten, sie könnten da einfach mal so reingucken oder möglicherweise sogar hinfassen, wo die kleine Monika lag! Das ließen sie dann jedes Mal sehr schnell bleiben, wenn ich ihnen überzeugend klar gemacht hatte, dass ich gute Zähne habe und auch nicht zögern würde, sie einzusetzen. Wenn Gerda oder Walter mit dabei waren, war alles Okay, die mussten ja selber wissen, wem sie ihr Junges zeigen wollten.

Interessant wurde es, als die Kleine anfing, auf allen Vieren zu krabbeln und später wie ein Mensch auf zwei Beinen zu gehen. Die war nämlich richtig unternehmungslustig und wollte viel angucken. Ich war ihr Beschützer, den sie auch dringend brauchte, so ungeschickt wie kleine Menschen nun mal sind. Wenn sie also Lust auf einen Spaziergang hatte, ging ich mit ihr mit. Ich verstand zwar nicht so ganz, wieso sie nicht auf Walter oder Gerda wartete (Welpen in diesem Alter waren eigentlich meistens mit ihrer Mutter unterwegs, glaube ich), aber die zwei hatten da wahrscheinlich anderes vor. So ging Monika eben alleine, und ich ging mit, um auf sie aufzupassen. Manchmal wurde sie nämlich von Leuten angesprochen, die ihr die Hand entgegenstreckten und sie mitnehmen wollten – wenn ich die Stimmen hörte, wusste ich, dass es Menschen waren, die neben unserem Hof wohnten. Aber da könnte ja jeder kommen und Monika mitnehmen. Wie gesagt, ich kann sehr überzeugend sein, wenn ich jemanden beschütze. Es klappte auch immer, irgendwann kamen dann Walter oder Gerda und nahmen uns zwei wieder mit. Allerdings hatte ich den Eindruck, dass sie diese Spaziergänge nicht so toll fanden wie Monika. Mich haben sie immer gelobt, wie toll ich auf sie aufgepasst hatte.

Inzwischen bin ich alt. Auf der Jagd bin ich nicht mehr so oft, weil ich nicht mehr so schnell rennen kann. Spaß macht es natürlich immer noch, aber mir tun dann hinterher tagelang die Knochen weh. Außerdem hat Walter noch ein paar andere Hunde, mit denen er auch jagen gehen kann. Monika kann inzwischen richtig normal laufen – es hat zwar lange gedauert, aber wir haben ja auch viel geübt beim Spazierengehen! Die Jutta ist ne ganz nette Hundekollegin, die hat so braunes Fell wie Monika auf dem Kopf, mit der man richtig gut im Hof rumtoben. Mäxl ist ein kleiner Giftzwerg, der ist zwar ganz nett, aber versteht nicht so viel Spaß wie Jutta.

Ein einziges Mal war dieser Mensch, der mich in der Baugrube angebunden hat, bei Walter. Ich wollte ihn eigentlich totbeißen, aber Walter hat mich am Halsband gepackt und weggezogen. Auch etwas, was ich nicht verstanden habe. Warum durfte ich nicht? Aber eigentlich war es mir auch egal, da ich ihn nie wieder gesehen habe. Sein Glück…

Und auch sonst geht es mir gut – seit mich Walter aus dieser Baugrube geholt hat. Ich habe ein Dach über dem Kopf, genug zu fressen, nette Menschen, nette Kollegen und meinen Walter. Besser kann es einem Hund nicht gehen.

Augustbild

Das Bild könnte ich auch heute, nach all den vergangenen Jahren, noch malen – einfach so, ohne Vorbereitung. Ich müsste dazu nur meine Augen schließen und an diesen Tag denken.

Sofort rieche ich die schwitzenden Ochsen, den ausgedörrten Boden und die vor Hitze flirrende Luft. Auf meiner Netzhaut eingebrannt sehe ich das Feld, den Nussbaum, den großen Weidenkorb mit dem Deckel und meine Familie, wie sie auf dem Feld arbeitet. Ich höre ihr Reden und Lachen und das Surren der Fliegen, die in Schwärmen um Mensch und Tier herumschwirren. Obwohl ich schon viele Bilder gemalt habe, ist und bleibt dieses mein liebstes Bild. Es ist über 60 Jahre alt, und ich habe jedes Angebot abgelehnt, es zu verkaufen. Ich kann es einfach nicht, obwohl es wahrhaftig kein Meisterwerk ist.

Jener Tag hatte früher begonnen als sonst. Das Knarren der Treppenstufen unter den schweren Schritten meines Vaters und das ungewohnt frühe Morgenlicht verrieten gleich, dass der Tag außergewöhnlich war. Es war, als würde das Gefühl des Besonderen mit mir aufwachen. Normalerweise weckte uns meine Mutter, während Vater im Stall war, und ihre Schritte auf dem blankpolierten Holz klangen leichter und schneller. Ein hartes Klopfen an die Tür der Schwestern weckte mich aus meinem schläfrigen Wachzustand.

»Marie, Lina, heute geht es früher aufs Feld!«

Drei Schritte später das gleiche Klopfen an unserer Tür und Vaters Stimme: »Peter, Jakob, aufstehen, richten – wir müssen aufs Feld.«

Die ungewöhnliche Zeit und das Wecken durch den Vater beschleunigten unser Waschen und Anziehen, kurze Zeit später saßen wir beim Morgenessen. Nach dem Gebet sagte Vater: »Heute gehen alle aufs Feld. Es wird ein Unwetter geben, und wenn wir das Getreide nicht in der Scheune haben, bevor es losbricht, werden wir im Winter hungern. Wir arbeiten, bis das Feld abgeerntet ist, zum Mittagessen gibt es nur Brot und was die Mutter richtet. Frau, du sorgst für ein gutes Vesper. Jakob, du richtest die Heusäcke für die Ochsen und genügend Wasser zum

Saufen, Marie und Lina, ihr holt und schneidet die Schnüre für die Garben. Betet, dass das Wetter hält, bis wir mit der Ernte unter dem Scheunendach sind!«

Nach einem schweigsamen und schnellen Essen erhoben sich alle, um an die Arbeit zu gehen. Wenn Vater sagte, dass das Wetter umschlagen würde, dann würde es auch so kommen. Wie er das wusste, weiß ich bis heute nicht, aber seine Vorhersagen trafen immer genau so ein.

Um mich wenigstens ein bisschen nützlich zu machen, half ich Mutter dabei, reichlich Vesper einzupacken. Während Jakob das Futter für den Braunen und den Falben auf den Erntewagen lud und Marie und Lina Schnurballen heranschleppten und auf die richtige Länge schnitten, humpelte ich in den Hühnergarten und holte Eier. Mutter wollte sie hartgekocht mitnehmen. Räucherspeck, Dosenwurst, eine große Ecke Hartkäse und ein paar Essiggurken wanderten in den großen Weidenkorb, in dem schon das Brot, die Messer und die Vesperbretter lagen. Zum Trinken packte sie Most und Brunnenwasser ein.

Wir waren früh auf dem Feld, auf keinem der Nachbarfelder arbeitete jemand. Die Luft war noch angenehm. Vater fuhr vorsichtig mit dem Finger an den Schneiden der Sensen entlang. »Mittags müssen wir sie unbedingt schleifen, aber für jetzt geht es noch. Wenn es erst richtig heiß wird und wir langsam müde werden, sind wir froh, wenn die Sensen wieder scharf sind.«

Jakob und Vater gingen mit der Sense voran, Mutter folgte den beiden und legte das geschnittene Korn zurecht, damit Marie und Lina es zu Garben binden konnten. Vater arbeitete schnell und trieb die anderen zur Eile an, zimperlich war er dabei nicht.

Als Mutter mehr als zwei Feldlängen den Mädchen voraus war, kam sie zu mir.

»Du fährst jetzt den Wagen an den Garben entlang, ich lade sie auf, dann haben wir einen Teil schon auf dem Wagen. Die Männer und ich haben einen guten Vorsprung. Das reicht gut. Die Mädchen brauchen länger zum Garbenbinden als die Männer zum Sensen.«

Auf dem Wagen hatten wir etwas zu trinken. Dankbar bediente sich jeder kurz, an dem wir vorbeifuhren, denn die Hitze wurde allmählich unerträglich. Beim Zwölf-Uhr-Läuten rief Vater zum Vespern, und alle setzten sich, dankbar für die Pause, unter den Nussbaum am Feldrand. Als Vater fertig war mit seinem Vesper, hieß er die Familie wieder aufstehen und weiterarbeiten. Er schliff die Sensen mit dem nassen Schleifstein, bevor er und mein Bruder weiterarbeiteten. Meine Mutter und meine Schwestern legten ihre Schürzen ab und arbeiteten in ihren weißen, leinenen Tagkleidern weiter.

Die Bewegungen derer, die auf dem Feld mit der Sense arbeiteten und den geschnittenen Weizen zu Garben banden, wurden schwerfälliger, je weiter der Mittag voranschritt. Hemden und Kleider klebten nass auf der Haut, und immer häufiger konnte ich sehen, wie nicht nur Vaters Blick bang den Himmel streifte. Die kurzen Gespräche des Morgens waren verstummt. Von Westen zogen Wolkenberge heran und veränderten das Blau langsam in eine grau-gelbe Fläche. Der aufkommende Wind war zwar eine Erfrischung für die verschwitzten Arbeiter, aber auch eine Warnung: Das Gewitter war nicht mehr fern.

Wie wir es schafften, ist mir heute noch ein Rätsel, denn der Wind wurde mit jeder Minute stärker, und am Himmel konnte man beobachten, wie schnell das Unwetter heranzog. Als die Männer mit dem Kornschneiden fertig waren, halfen sie den Mädchen beim Binden, und meine Mutter belud den Wagen, so schnell es nur eben ging. Die letzte Garbe lag noch nicht auf dem Wagen, als mir mein Vater die Zügel aus der Hand nahm und die Ochsen zur größtmöglichen Eile antrieb. Jakob sprang auf den holpernden Wagen von der Seite her auf und kletterte nach vorn zur Sitzbank.

Mittlerweile war es so stürmisch geworden, dass meine Schwestern ständig die Haare aus dem Gesicht und vom Mund weg ziehen mussten, die es ihnen aus den Zöpfen gelöst hatte. Trotz der Anspannung, die in der Luft lag, musste ich lachen.

»Ihr seht aus, als ob ihr im Hühnerstall übernachtet hättet. Dass euch Mutter so aus dem Haus lässt…«

Marie holte eine Nuss aus ihrer Schürzentasche und warf sie in meine Richtung, traf aber damit Mutter, weil sie den Wind nicht mit einberechnet hatte. Mutter stutzte, lächelte Marie an – und traf mich an der Nase. Das Gelächter tat gut. Selbst Vater lächelte in seine

Bartstoppeln hinein – erst jetzt fiel mir auf, dass er sich heute Morgen nicht rasiert hatte. Was für ein besonderer Tag. Ich hatte ihn noch nie mit Bartstoppeln gesehen, sie waren grau und dicht.

»Ein ordentlicher Mann geht mit glattem Gesicht aus dem Haus, Junge. Egal, wie schwer du arbeiten musst oder wie dreckig deine Kleider werden – dein Gesicht sagt aus, wie viel du von dir und deinen Mitmenschen hältst.« Das war seine Erklärung, als ich ihn als Zehnjähriger fragte, für was er sein Schermesser, sein Schleifleder und den tollen Schaum brauchte und ob das nicht lästig wäre, jeden Morgen zu rasieren. Mittlerweile, wenn ich so zurückdenke, habe ich den Verdacht, dass auch ein bisschen Eitelkeit dabei war, denn sein Kopfhaar zeigte damals noch keinen grauen Schimmer.

Beim ersten Donnerschlag fielen die Ochsen in einen schnelleren Trab, sie spürten die Gefahr und wollten in den heimischen Stall. Den Weg wussten sie alleine, Vater musste nicht lenken. Der erste Blitz zuckte über den Himmel, als das Gespann unter dem Scheunendach stand. In Sicherheit – wir und die Ernte!

So schnell es mit unseren müden Knochen ging, kletterten alle vom Wagen. Der Birnbaum im Hof bog und schüttelte sich unter der Gewalt des anschwellenden Sturms.

»Jetzt geht es los. Marie, du scheuchst die Hühner in den Hühnerstall und schließt alle Fensterläden im Haus. Peter, du gehst ins Haus und richtest ein anständiges Abendessen her, das haben wir uns verdient. Marie, wenn du fertig bist, hilfst du ihm. Der Rest hilft beim Abladen und Versorgen der Ochsen.«

Kurz, knapp und klar waren Vaters Befehle, trotzdem gingen sie fast unter im Geheule des Sturms.

Die ersten Tropfen waren groß und schwer und fielen zögerlich, dann brach der Himmel auf. Sturm, Sintflut, Blitz, Donner, Hagelkörner so groß wie Walnüsse – nie werde ich dieses schweigsame Abendessen vergessen. Schweigsam, weil sich alle völlig erschöpft einfach satt aßen. Und weil die klappernden Fensterläden, die scharfen Donnerschläge, der prasselnde Regen und das Geheul des Orkans draußen eine Unterhaltung unmöglich gemacht hätten.

Als alle aufgegessen hatten, stand mein Vater auf, stützte die Hände auf der rauen, rotkarierten Tischdecke ab und sagte:

»Jeder, der hier sitzt, hat heute hart gearbeitet. Ich weiß, ich war heute ein Sklaventreiber. Ich war in Sorge um unser Brot für den Winter. Danke, dass ihr so gearbeitet habt.«

Mit einem kurzen Nicken zu meiner Mutter setzte er sich noch einmal hin und wartete, bis sie und die Mädchen den Tisch abgeräumt hatten. Jakob entließ er mit einem wissenden Grinsen. War mir etwas entgangen? Aber ich hatte keine Zeit, länger darüber nachzudenken.

»Und du, Peter, was hast du heute gemacht?«

»Ich habe euch gemalt, wie ihr auf dem Feld arbeitet. Nichts Besonderes. Ich hätte lieber mitgeholfen und geschwitzt.«

»Das weiß ich, Sohn. Was willst du auch arbeiten, wenn du rechts die Krücke hast und nur den linken Arm frei? Du hast geholfen, du hast den Wagen gefahren beim Aufladen. Das muss auch jemand machen. Zeig mir doch mal dein Bild.«

Ich humpelte in die Vorratskammer, wo ich das Bild zum Trocknen auf den großen Tisch gelegt hatte. Als ich es ihm in die Hand gab, schaute er es lange schweigend an.

Er legte seine schwielige Hand auf meine, sah mir in die Augen und sagte: »Wenn der Herrgott meint, dass du ein kurzes Bein haben musst, wird es wohl recht sein. Wir haben heute gearbeitet, um einen Winter lang Essen zu haben. Deine Bilder wird man auch in vielen Jahren noch anschauen und sehen, wie wir für unser Brot gearbeitet haben. Das ist gut. Sohn, ich bin stolz auf dich. Vergiss das nie.«

Mein Vater war nie ein Mensch vieler Worte gewesen. Umso schwerer wogen die, die er sagte. An diesem Abend hatte er sein Herz gezeigt. Wir waren seine Familie. Und ich kein Krüppel.

Nie wieder vorher oder nachher habe ich in dieser Deutlichkeit gespürt, was Geborgenheit ist. Zu dieser Familie zu gehören war das größte Geschenk meines Lebens.

Deshalb werde ich dieses Bild nie weggeben.

Eine Wintergeschichte

»Es wird Winter, heute Nacht hat´s geschneit! «

Grell trafen die hellen Kinderstimmen auf mein müdes Ohr. Mühsam öffnete ich die Augen. Meine Zwillinge standen verwuschelt in ihren Kinderschlafsäcken vor meinem Bett.

Wie sie es immer schafften, sich in diesen Dingern fortzubewegen, ohne ständig hinzufallen, war mir ein Rätsel. Vor allem morgens, in verschlafenem Zustand. Das heißt sowohl, ich war morgens zu verpennt, um das Rätsel zu lösen, als auch um zu verstehen, dass die Mädchen in Schlafsäcken laufen konnten, obwohl sie gerade erst aufgestanden waren. Aber unförmige Stoffschlafdecken mit Rückenreißverschluss waren für diese kleinen Monster kein Hindernis. Augen auf hieß bei ihnen: Hallo Welt, wir sind wach! Nichts hält uns auf! Unnötig zu erwähnen, dass sie immer gemeinsam aufwachten und aufstanden…

Der schlimmste Moment des Tages, jeden Morgen. Eigentlich war ich erst nach einer ausgiebigen heißen Dusche und zwei Tassen Espresso ansprechbar, aber das hatten Luna und Regina noch nicht mitbekommen. Und wenn, ignorierten sie es einfach. Ich hatte diesbezüglich so meinen Verdacht.

Eine Doppelpackung! Was hatte sich meine Frau eigentlich gedacht, Zwillinge zu bekommen? Eigentlich hatten wir es ja langsam angehen lassen wollen: Die Hochzeit, zwei Karrierejahre, dann eine Katze, ein Kind, und nach zwei bis drei Jahren das Zweite – alles hatte geklappt, aber als die Schwangerschaften verteilt wurden, schlug meine Frau wohl etwas übereifrig zu. Zwillinge! Nadine argumentierte immer damit, dass sie sich eine Schwangerschaft gespart hätte, das wäre schon in Ordnung. Kindergeld gäbe es auch für zwei Kinder, und überhaupt sei es nicht zu ändern – was ich denn auch immer am frühen Morgen so katzenjammerig sei? Schließlich sah sie ja nachts nach den zweien, wenn sie wach wurden.

Das allerdings geriet langsam in Schieflage, denn sie musste immer seltener aufstehen, während ich jeden – JEDEN – Morgen Frühstücksdienst mit zwei hellwachen, kommunikationsfreudigen und aufgekratzten Weiblichkeiten hatte. Wie praktisch, dass Nadine morgens nicht weckbar war und kein Kindergeschrei hörte. Wäre nicht ich, der aufopferungsvolle Vater, im Haus, die Kinder würden jeden Morgen verhungern.

Eine warme Kinderhand patschte mir auf die Wange.

»Papa, es hat geschneit! Wir bauen Schneemänner! Komm endlich essen! Machen wir Schneeballschlacht? Können wir Schlittenfahren?«

»Ich will Karotte für die Nase. Und Hut für den Schneemann.«

»Ich will raus, Papa, steh auf, Kaffee trinken!«

Nicht einmal vor selbstmitleidigen Morgengedanken hatten die zwei Respekt.

»Gleich, gleich, ich brauch noch einen Moment. Ich muss noch den Schlafsand aus den Augen reiben.«

»Oh Papa, darf ich? Darf ich?«

»Nein, ich will! Ich kanns besser!«

»Nein ich!«

Luna hatte sich in Reginas Nachthemd gekrallt und schob sie vom Bett weg. Regina riss Luna den Teddy aus der Hand. Beide fingen an zu brüllen.

»Pst! Ruhe. Seid leise. Luna, lass los. Regina, heb den Teddy auf. Ich stehe ja schon auf, ihr habt gewonnen. Hat es wirklich geschneit? Toll…«

Meine Frau schlief wie ein Stein – oder sie tat nur so. Glückliche.

Die zwei rannten in halsbrecherischem Schlafsackgalopp ins Kinderzimmer, um sich nach dem Entfernen der Schlafsäcke anzuziehen. Verwundert bemerkte ich, wie Luna Regina den Sicherheitsdruckknopf auf dem Rücken öffnete und Regina bei ihr. Seit wann konnten die zwei das? Meine Töchter waren angezogen, als ich das nächste Mal hinsah, und zogen mich die Treppe hinunter.

»Papa, du musst den Flieger machen, Flieger machen, bitte, biiiiiitttte!«

Also: eine Tochter unter jeden Arm klemmen, Fliegergeräusch anwerfen und die Treppe runtersausen. Unter lautem Gekicher stellte ich die beiden auf den Boden und blieb wie vom Donner gerührt an der Esszimmertür stehen.

Was war das? Der Tisch war gedeckt – ich bin wirklich der Meinung, man muss die schönen Alltagskleinigkeiten wertschätzen. So von wegen Glas-halbvoll- und Glas- halbleer-Typen. Aber es gab da einiges, was ich nicht übersehen konnte, auch mit geballtem guten Willen nicht...

Die Cornflakes lagen auf dem Boden, zusammen mit der Milch in einer Pfütze, die Minka mit dankbarem Schnurren aufleckte. Na, das verhieß übelste Pubserei und Durchfall, denn, wie jeder weiß, vertragen Katzen keine Kuhmilch. Minka wusste das wohl nicht. Naja. Drei Eier standen im Eierbecher, wovon zwei aufgeschlagen waren und sich ungekochterweise auf dem Tisch verteilt hatten. In der Küche stand die Kaffeemaschine in einem Berg von Kaffeemehl und hielt das klare Wasser heiß, das sich in der Glaskanne befand. Am Brot hatte sich auch jemand versucht, das große Schneidemesser lag neben einem Krümelhaufen. Ich hob die eine Brotscheibe an, die noch als solche erkennbar war. Hauchdünn – das musste man erst mal so hinbekommen! Nun gut, es hatte ja auch nur einmal geklappt. Konnte man Brotkrümel eigentlich auch trocknen und als Müsli verwerten?

Luna schlappte mit einem halb angezogenen Schneeanzug durchs Fußbodenmüsli.

»Papa, komm raus?! Wir sind schon satt! Die Eier waren komisch, Regina hat es wieder ausgespuckt. Die waren...«

»Kleine, ich muss erst noch einen Kaffee...«

»Ist schon fertig, hab ich gemacht! Trinkst du gleich? Es hat geschneit!«

Die Alternativen abwägend stand ich in der Küche: Kaffee oder Schnee? Ich entschied mich für Schnee, da mir heute Morgen sowieso kein ruhiger Kaffee vergönnt war. Vermutlich waren die zwei verträglicher, wenn wir die Schneepartie hinter uns hatten. Aufräumen und putzen konnte ich ja hinterher noch. Oder – es meiner Frau liegenlassen, die ja schließlich auch irgendwann mal aufwachen musste. Ich hatte dann, anstatt dröge zu putzen, die Kinder kreativ beschäftigt und – hoffentlich – ausgepowert.

Die kleine Kinderhand hatte mich schon, obwohl sie mir großzügig Kaffee angeboten hatte, zur Garderobe gezogen. Die Entscheidung war also gefallen. Ein Alptraummorgen. Ich hasse Winter. Ich hasse Schnee. Ich hasse kalte Autos und glatte Straßen. Ich hasse Schneeschippen. Ich hasse es, vor dem Kaffee angesprochen zu werden.

Es konnte heute nicht mehr schlimmer kommen, deshalb griff ich schicksalsergeben nach dem Schlüssel, der ganz oben an der Tür hing. Ich schloss auf und – lief in eine eiskalte, meterhohe Schneewand. Meine Backe war eiskalt, der schnell schmelzende Schnee lief mir am Gesicht hinunter. Was war denn heute Morgen nur los?

Nochmal traf mich kalter Schnee. Wieso traf er mich, seit wann greift Schnee an? Ich fuhr über die Augen, um den Schnee abzustreifen, und blinzelte. Vor mir standen zwei vierjährige Mädchen mit Schneebällen in den Händen – vor meinem Bett!

»Es wird Winter, draußen hat´s geschneit, alles ist weiß! Wir wollen raus, Schneemännerbauen!«

»Papa, steh auf! Es schneit!«

Um meine tiefschlafende Eheliebste nicht zu wecken, sprang ich aus dem Bett, trocknete mir den Schneeball mit dem Schlafanzugärmel ab und scheuchte die zwei ins Kinderzimmer. Dort befreite ich sie aus ihren Schlafsäcken und schickte sie ins Bad. Was für ein Alptraum!

Dankbar, dass die dumpfe Verzweiflungsstimmung des Traumes nachließ, ging ich die Treppe hinunter. Solange es nur um's Schneemänner bauen ging, wollte ich heute Morgen einfach dankbar sein, dass Träume nur Schäume sind.

Der erste Schritt ins Esszimmer traf das Fußbodenmüsli, der erste Blick die rohen, ausgelaufenen Eier auf dem Tisch. Minka kam schnurrend zur Tür herein und fing an, meine milchgetränkte Socke abzulecken.

ICH HASSE WINTER!

FSC
www.fsc.org
MIX
Papier | Fördert
gute Waldnutzung
FSC® C083411

Zeitfracht Medien GmbH
Ferdinand-Jühlke-Straße 7
99095 Erfurt, Deutschland
produktsicherheit@kolibri360.de